LINO DE ALBERGARIA

Ilustrações: Marco Aragão

Márika e o Oitavo Ano

Coleção Jabuti Vida

4ª edição
10ª tiragem
2020

Editora Saraiva

Editor: ROGÉRIO GASTALDO
Assistente editorial: ELAINE CRISTINA DEL NERO
Secretária editorial: ROSILAINE REIS DA SILVA
Suplemento de trabalho: ROSANE PAMPLONA
Coordenação de revisão: LIVIA MARIA GIORGIO
Gerência de arte: NAIR DE MEDEIROS BARBOSA
Projeto gráfico e diagramação: EDSEL MOREIRA GUIMARÃES
Produtor gráfico: ROGÉRIO STRELCIUC
Impressão e acabamento: RENOVAGRAF

Dados Internacionais de Catalogação na Publicação (CIP)

Albergaria, Lino de
Márika e o oitavo ano / Lino de Albergaria ; ilustrações Marco Aragão. — 4. ed. — São Paulo : Saraiva, 2009. — (Coleção Jabuti)

ISBN 978-85-02-08387-5

1. Literatura infantojuvenil I. Aragão, Marco. II. Título. III. Série.

CDD-028.5

Índices para catálogo sistemático:

1. Literatura infantojuvenil 028.5
2. Literatura juvenil 028.5

Editora Saraiva

Avenida das Nações Unidas, 7221
CEP 05425-902 – Pinheiros – São Paulo-SP

Tel.:4003-3061
www.coletivoleitor.com.br
atendimento@aticascipione.com.br

CAE: 571359
CL: 810082

Para Amélia Pires Chaves

1

Amanhã, volto à escola. Espero que este ano seja mais fácil. Acho que estou começando a me adaptar ao Brasil. E, quem sabe, no colégio as pessoas também aprendam a se adaptar a quem é diferente. Ou, no meu caso, um pouco diferente. Imagino como deve ser ainda pior para um surdo. Parece que todos os surdos, porque não ouvem, também falam com certa dificuldade. E não controlam a intensidade da voz. Por isso dependem daqueles aparelhos que usam. Para os cegos, então, tudo é ainda mais complicado na escola. Soube outro dia da dificuldade que eles têm quando prestam vestibular, esse exame tão maluco que existe neste país. Eles não conseguem perceber sozinhos um gráfico, um mapa ou uma ilustração. E as provas têm muitas questões que utilizam esses recursos. Portanto, dependem de uma ajuda especial, alguém que descreva para eles do que se trata.

É um bom consolo para mim, claro, entender que para outros tudo é bem mais difícil. Eu enxergo, eu escuto, eu falo, sem depender de aparelhos ou de outras pessoas. Embora não entenda ainda muitas palavras e várias situações que para a gente daqui são tão evidentes. As coisas da história e da geografia do Brasil, por exemplo, quase sempre são uma completa novidade para mim. Falar está começando a ficar fácil. Talvez de tanto que eu ouço essa língua. Nos lugares a que eu vou, ou pela televisão, que aqui comecei a assistir com uma frequência muito maior que lá na minha terra. E tenho bom ouvido, as pessoas já observaram. Quase reproduzo a música que eles colocam nas frases. É só comparar com meu pai. Noto nele o sotaque que às vezes ainda faz os brasileiros rirem e que, com certeza, eu devia ter no começo. O Márek, também, não faz a mesma questão que eu de falar português o melhor possível. Tanto que eu já não preciso das aulas particulares que ele ainda toma. E sempre me pergunta as coisas com que ainda se confunde. Mesmo assim, não se dá conta de como eles usam os artigos aqui, antes dos nomes. Nem percebe que os gêneros das palavras costumam ser bem diferentes.

— Você é nova e está na escola, por isso se adapta bem rápido — ele me diz. Em tcheco, que é a língua que usamos entre nós.

Imagino se não me adaptasse. Continuaria a ser vista como um fantasma ou um ser de um outro planeta. E dizem que no mundo inteiro os jovens se vestem igual. Os mesmos *jeans*, os mesmos tênis, as mesmas malhas. Mas nunca é exatamente igual. Os grupos sempre parecem ter seus códigos secretos. Agora acho que já sei decifrá-los, pelo menos os que mais me afetam. O uniforme na escola, na verdade, sempre foi um escudo para mim. A não ser quando tive de recorrer aos meus complementos de inverno. É que os brasileiros não têm propriamente um inverno. Por isso estranham as roupas que eu trouxe de casa.

E eu estranho esse calorão úmido como o de hoje, que me faz transpirar. Mas, em Praga, eu adorava o verão e ressentia que fosse tão breve. Também gostava de perceber as outras estações. Tenho lembranças tão nítidas da primavera e do outono. O outono que progride através das cores e das folhas. Vermelhos, dourados, marrons. Isso não existe por aqui. Nem a neve do nosso inverno, nem o aconchego do aquecimento dentro de casa, em contraste com a temperatura da rua.

No verão brasileiro, as chuvas são rápidas, mas violentas. E as cores parece que não têm tonalidades intermediárias. Tudo é tão forte. A luz do dia, o azul do céu, o verde das plantas. Às vezes meus olhos ainda se incomodam com as paisagens. E minhas orelhas ainda estranham como é tudo tão ruidoso. Todos falam tão alto. O recreio na escola, no começo, era insuportável. Dava vontade de colocar protetores de ouvido.

Nos primeiros dias, eu chorei. Custava a entender por que meu pai escolheu este país para trabalhar. Márek é mestre-cervejeiro e aqui pelo menos as pessoas gostam de cerveja. Essa bebida amarga, cujo sabor me repugna. Meu pai brinca que não sou uma tcheca autêntica. E não vai ser por aí, por esse ponto em comum, que vou me transformar numa brasileira. Se um dia decidir me embriagar, certamente será com vinho. E aqui bebem relativamente pouco vinho. Márek gosta de caipirinha, com limão. Mas eles fazem com outras frutas e adoçam a cachaça. Outro dia, provei uma de lima e até que gostei.

Nessas férias, embora eu quisesse tanto ter viajado para casa, acabei conhecendo um lugar de que eu também gostei. Não era nenhuma praia, cheia de areia branca e de coqueiros. As praias são bonitas, mas não sei por que os brasileiros desperdiçam as férias inteiras numa praia. E tanto sol é tão ruim para a pele, principalmente para a dos tchecos, tão pouco acostumados a isso. Nós nem temos mar, somos um país central.

Essa cidade para onde eu fui se chama Ouro Preto e me fez esquecer um pouco das saudades da Boêmia. Embora não tivesse castelos, tinha muitas igrejas. E as coisas eram antigas, barrocas, de um modo diferente, mais rústico, do que as que temos na República Tcheca. Mas ali se sentia uma presença diferente do tempo. Bem diferente da maioria das cidades brasileiras, onde tudo deve ter a obrigação de ser moderno.

Estou esperando Márek chegar com as fotos reveladas de nossa viagem. Ter conhecido Ouro Preto talvez tenha contribuído para melhorar a minha adaptação. Afinal pude reconhecer neste país alguma semelhança com o meu. Em algum momento, nossas histórias se pareceram. As igrejas e esse tipo de arte, o barroco, cortam um pouco da estranheza que sempre senti neste lado do mundo. Também o ar de velho das coisas me fez bem. Assim, não tenho tanto receio da escola amanhã. Não vou precisar chorar no travesseiro à noite, como aconteceu no ano passado. Acho que aquela foi uma das jornadas mais tensas e mais cansativas da minha vida. Eu senti na pele o que as pessoas chamam de estresse. O estresse de ser diferente, de se sentir deslocada, de ser estrangeira.

Pode ser que fique triste quando for me deitar esta noite. Principalmente, se começar a pensar em tudo que deixei para trás. Minha mãe, minha casa. O inverno. Agora é inverno por lá, ainda. Mas já chegando ao fim, quando a gente começa a pensar nos primeiros brotos que vão ressurgir nos jardins em mais umas poucas semanas. Um sinal sutil da natureza. Tão pequenino, delicado e ao mesmo tempo tão cheio de importância. Que enchia meu coração de certeza e de novidade.

A novidade que não dura tanto e que se repete todos os anos. Mas que traz alegria, traz cheiros e sabores tão especiais. E a certeza de poder reconhecer os mesmos cheiros e sabores que trazem de volta a alegria.

Amanhã, a novidade terá também um gosto de repetição. E isso me tranquiliza. Nada será tão de chofre, tão forte e violento como no ano passado.

2

— São fotos da sua terra, filha?

Estava no recreio, sentada à parte dos outros, examinando as fotografias com mais cuidado. Eu as tinha levado para a escola quase como um talismã. Como se as imagens de Ouro Preto pudessem trazer o ar da cidade para dentro daquela escola onde eu não tenho amigos. Vários tinham me cumprimentado quando cheguei, mas ninguém se demorou mais de dois minutos comigo. Ninguém se interessou em saber como foram minhas férias.

Agora aquela mulher se aproximava de mim, como os brasileiros costumam fazer, espiando as minhas coisas e ainda se intrometendo. Era a Margarida, que fazia a limpeza da escola. A Margarida, como eles dizem, com um artigo na frente do nome.

— Lá também tem igrejas? — ela me perguntava, já me tomando uma das fotos.

A mulher não me dava tempo para responder. Eu estava surpreendida com sua ignorância. Será que não conhecia uma das cidades mais famosas de seu próprio país? Márek tinha razão. No Brasil há um largo fosso entre as pessoas. Gente como a Margarida não tinha meios de viajar nem de se instruir.

— Nossa, mas que beleza! Vocês também são católicos? — ela tirava suas conclusões sobre a "minha" terra.

Senti vontade de fazer com ela a mesma hora que alguns de meus colegas fazem comigo, quando desconheço o que é óbvio para eles. Podia dizer que São Francisco de Assis era a nossa igreja de São Nicolau. Ou que a imagem de Tiradentes representava São Vito. Com certeza ela iria engolir tudo. Mas me vi explicando, educadamente:

— Nós somos católicos, de tradição. Mas esta é uma cidade brasileira.

— É mesmo? Mas tão diferente...

— Estive lá nas férias. É Ouro Preto.

— Ah, eu não conheço, não. Só sei que é a terra do Aleijadinho.

— Quem?

— O homem que fazia as igrejas e os santos. Ele não tinha as mãos.

Que história era aquela? A Margarida tinha resolvido me gozar? Quase me arrependi de ter sido gentil com ela. Ia pedindo que me devolvesse as fotos. Ela já estava segurando todas elas. Mas me bateu uma dúvida. Parece que eu tinha escutado uma coisa parecida, mas não havia prestado muita atenção. Um guia tinha dito algo numa igreja sobre um artista aleijado. Mas ele falava tudo de cor, como um papagaio. Não dei crédito a ele.

Deixei que ela olhasse cada imagem, as duas em silêncio.

— E você gostou de Ouro Preto? — ela perguntou por fim.

— Muito. É o lugar mais bonito do Brasil.

— Mas tem muito morro, não?

Realmente, era estranho terem feito uma cidade em um lugar tão cheio de subidas e descidas. Só que era interessante, desafiava a gente a olhar de ângulos diferentes e a descobrir, subitamente, as casas. Ou então os telhados apareciam diante de nós. Ou abaixo de nossos pés. Tão parecidos, naquelas telhas velhas e avermelhadas.

Retomei uma das fotos. Uma ladeira, a igreja no alto.

— Eu gosto — falei.

— Sua terra também é assim?

Então me vi falando com ela de ruas bem antigas e estreitas, que levam, depois de se atravessar uma ponte sobre um largo rio (nem disse que se chamava Vltava, pois nenhum brasileiro consegue repetir essa palavra), ao castelo da minha cidade. E ao longo dessa ponte, trinta conjuntos de estátuas nos fazem caminhar entre figuras de santos e anjos.

— Um castelo?

— Sim, um castelo da Idade Média!

— Um castelo de princesa?

Então eu sorri. Quando pequena, também imaginava que naquele castelo vivesse uma princesinha. Uma princesinha que, na minha imaginação, também se chamava Márika.

— No castelo morou um príncipe que virou um santo.

— Que santo?

— Venceslau.

— Esse eu não conheço.

Não, eu pensei, vocês não conhecem nada da minha terra. Nem os professores de História sabem. Mas ela, pelo menos, se interessava. E ainda deve ter sonhado, quando menina, com um castelo e uma princesa.

Tocou o sinal e eu tomei as fotos de volta. Margarida se despediu de mim. Alguém, pela primeira vez, se mostrava curioso sobre minha cidade. Mas eu não quis dizer que ela se chama Praga.

Estava cansada de ver as pessoas rindo do nome de minha cidade. Gente incapaz de imaginar que essa cidade foi fundada por uma princesa. Uma princesa chamada Libuse, há mais de mil anos.

Imagino a descrença, o ar de dúvida ou de deboche, diante de um nome que para eles soa tão estranho.

— Princesa... o quê? Mas isso é nome de princesa?

3

As coisas na escola também misturam repetição e novidade. É como se minha vida no Brasil tivesse duas únicas estações. Uma curta, as férias, e a outra bem comprida, que é o tempo na escola. Esta é a minha segunda estação das aulas. Os alunos são os mesmos, com a novidade dos dois gêmeos, Eduardo e Francisco, que logo viraram Edu e Chico. Acho bom que tomem o meu lugar. No ano passado era eu a figura estranha. Sentia como a turma comentava a minha intromissão na classe. Mas os gêmeos, talvez tão fora do comum quanto uma tcheca, até que gostam da atenção que provocam. E, para eles, deve ser mais fácil enfrentar a situação. Afinal, são dois. Podem se unir, podem dividir a ansiedade.

Alguns professores permanecem, outros mudaram. Infelizmente, a Ester continua dando aulas de Português. Ela ainda me incomoda. Sua matéria sempre foi difícil para mim e sempre me fazia me sentir a diferente! Escrever em outra língua deixa a gente meio de mãos amarradas. A quantidade de palavras que a gente conhece nunca é suficiente para expressar tudo o que se pensa. Ainda mais quando tem alguém para assinalar todos os nossos erros. Mas até pode ser que tenha começado a escrever melhor em português por causa da marcação da Ester. Só que eu gostaria de encontrar outra pessoa dando essas aulas, que talvez não soubesse como o princípio foi tão duro para mim.

Em compensação, não temos mais aulas de Artes. Agora entrou Desenho, com um professor sério, chamado Prudente. E a matéria parece com ele, séria, rigorosa. Não é difícil. Mas eu gostava do outro. O Juca doidão, como diziam. O ambiente era bagunçado, mas eu me sentia livre e ele parecia gostar das coisas que eu fazia. E eu, principalmente, gostava do que fazia. Um dia ele me disse que meus trabalhos eram maduros e sensíveis e que, com certeza, eu tinha alma de artista.

Por isso ele gostava de mim e eu dele. Nós dois temos alma de artista. E esse Prudente, tão sisudo, parece ter a mesma alma do compasso e dos esquadros. Na sala também tem uma garota com alma de artista. Essa continua. E do mesmo jeito, ignorando a mim, principalmente. E talvez ao fato de que tem um dom nas mãos para embelezar as coisas. Ela se chama Lia e é sempre influenciada pelas outras meninas, ora a Roberta, ora a Lídia. Este ano voltou a cara da irmã dela, que está ainda no sétimo ano. Dá até para imaginar que seriam gêmeas.

Fico pensando o que é ter uma irmã ou um irmão. Nem precisava que fôssemos gêmeos ou muito parecidos.

Mas iríamos à mesma escola, ainda que em classes diferentes, e teríamos coisas para comentar. E certamente lembranças em comum.

Este talvez seja o meu principal problema. Não ter coisas importantes para compartilhar com alguém da minha idade. Conhecemos um outro tcheco na cidade, Vladislav, o Vlad, amigo do meu pai. Mas esse se abrasileirou tanto que se casou com uma mulher negra, a Rita. Eles têm dois filhos, completamente brasileiros. O garoto menor é inteligente e educado. Mas Sofia, que tem quase a minha idade, só um ano a mais, é insuportável. Pior que esta menina da sala, a Roberta. Só se interessa por roupas e pelos rapazes. Não dá a mínima para a terra do pai. Diz que o único tcheco que não é triste é o Vlad.

Será que os tchecos são mesmo tristes? Ou são os brasileiros que gostam de alegria demais, festa demais, barulho demais? Ver a Sofia dançar me deixa embaraçada. Não bastassem as roupas justas, a barriga quase sempre de fora, mexe tanto os quadris, e de propósito, porque sabe que os caras gostam de olhar. E ela, de provocar.

Às vezes suspeito de que há algo acontecendo entre o Márek e a professora particular de Português. O nome dela é Eliane. Eu não tinha reparado muito nela, quando também tomava aulas. Só passei a perceber algo diferente quando voltamos das férias. Ele não precisava ter trazido para ela aquele colar tão caro. Nem ela ter saído lá de casa com a joia e um olhar de quem tinha se tornado mais importante.

Pelo menos, é uma pessoa discreta. Fantasio sobre um filho, ou filha, que poderia ter com meu pai. Meu irmãozinho seria mais do jeito do Vladinho, o irmão da Sofia. Mas podia até ser alguém como o Prudente. Eu não me importaria de ter um irmão sério. Mas seria mais feliz se ele fosse como o Juca. Até meio doidão, mas de preferência artista.

Pois é, mas não tenho irmão nem irmã. E acho que não ia gostar se a Eliane mudasse cá para casa. Eu me acostumei a ser a única mulher aqui. Mas sei que não posso ter o Márek só para mim. Preferiria se ele ficasse sempre trocando de namoradas. Parece que os homens gostam disso. Na Boêmia ou no Brasil.

4

Voltar à escola não me tirou nenhum pedaço. Márek me perguntou como tinha sido. Não respondi nesses termos, só disse que foi muito mais fácil do que no ano passado. Até comentei que quiseram saber de minhas férias. Como não especifiquei que tinha sido a mulher da limpeza, ele deve ter imaginado que foram meus colegas que tinham se interessado sobre a ida a Ouro Preto. Não gosto de mentir para ele, mas aquilo não era uma mentira. Um pequeno segredo, talvez. Porque não quero parecer para ele uma menininha frágil, cheia de medo dos outros e pouco capaz de se virar sozinha.

De qualquer modo, ele tem também os seus segredos. Como o que se passa entre ele e a Eliane. Ou por que ainda gosta de se fechar à noite no escritório, sem acender nenhuma luz e ficar ouvindo Mozart. Posso imaginar no que pensa. O nosso país, a vida que ficou para trás.

Cheguei à conclusão de que não devo pensar em certas histórias da minha vida, sobretudo aquelas relacionadas à decisão dele de vir para cá e à minha de acompanhá-lo. Nós nunca falamos disso. Este, sim, é um segredo compartilhado.

Eu também gosto de ficar comigo, do meu jeito. Meu lugar é meu quarto. Ponho meu pijama e meus chinelos de pano e assim, na intimidade, me sinto tcheca. Tenho fotos de meu quarto antigo. Tenho uma foto do urso de pelúcia com quem dormi por tantos anos, mas que não trouxe comigo. Porque no Brasil não precisaria mais da minha infância. Mas tenho essas bonecas sobre a cômoda. Que eu não trouxe nem tinha lá.

O Vlad me deu, depois de uma viagem à República Tcheca. Disse ter dado umas parecidas para a Sofia e que ela tinha adorado. Claro que a Sofia gostou. É uma lembrança exótica para turistas. Uma coleção de bonecas eslavas, de vários tamanhos, mas iguais e ocas, de modo que uma caiba dentro da outra. Todas podem se fechar dentro da maior, a mamãezona. Deixei todas de fora, em cima dessa cômoda. E, quando olho, pareço estar diante de uma loja de lembranças para viajantes.

Um dia, a Margô, a moça que duas vezes por semana faz a limpeza do apartamento, descobriu que havia mais uma boneca. Dentro da que eu supunha ser a menor, ainda havia outra. Prova de que eu não tinha dado a devida atenção ao presente. Talvez porque me irritem essas caras todas iguais, as boquinhas tão vermelhas. E os cílios, exagerados e ridículos. O Vlad poderia ter escolhido umas bonecas de aparência melhor. Ele não tem alma de artista. Mas, com certeza, a Sofia deve apreciar os cílios e o batom vermelho.

Espero que no meu próximo aniversário ele não me venha com uma boneca vestida de baiana. Ou de passista de Carnaval. Chega de folclore no meu quarto. Tchecos são o meu pijama, os meus chinelos e o edredom que uso no inverno. Os móveis são daqui, mas são como os de qualquer lugar do mundo. E as bonecas ficam ali, não para eu brincar com elas, mas só para enfeitar e talvez agradar ao Vlad, que sempre é simpático comigo. Tem gente que adora. Além da Sofia, a Margô também. Parece que as mulheres se ligam por muito tempo nas bonecas. Ou pelo menos enquanto não têm filhos, eu acho.

Mas eu não gostava de bonecas, gostava de ursos. E de livros ilustrados. Sempre adorei as ilustrações, as cores. E gostava das histórias de fadas e, quando menorzinha, de histórias de princesa. E o castelo da minha cidade, quando o via de longe, imaginava que fosse meu. Princesa! Quem me vê hoje... esses cabelos curtos e as unhas que nunca conheceram um esmalte. Sempre de calças ou de bermudas. Não trouxe nenhuma saia da República Tcheca. As saias, o urso, a princesinha, tudo ficou para trás!

5

Na hora do recreio, fui para a biblioteca. Há sempre algo para ler rápido, como revistas. Ou até os livros ilustrados para as crianças. Não que eu me interesse pelas histórias, mas gosto dos desenhos. Às vezes penso que eu poderia ser uma ilustradora. Alguns livros conseguem ser muito bonitos, outros são bobos e pobres. Penso que eu mesma poderia fazer melhor.

Mas também gosto de mexer no computador. E nesse dia, sabendo dessa preferência, Araci, a bibliotecária, comentou que havia máquinas disponíveis. No começo do ano, ainda não tem tanta pesquisa, que leva o pessoal a brigar por um acesso à Internet.

Então, me assentei diante de uma tela e de um teclado, ainda sem saber o que eu deveria procurar. Ouro Preto, veio a ideia, e, à falta de outra melhor, resolvi voltar, eletronicamente, à cidade que tinha conhecido há poucos dias.

De novo desembarquei naquela praça, reconheci o museu, o palácio dos governadores do outro lado. Esse palácio, meio desajeitado, é verdade, seria a coisa mais próxima de um castelo. Então, apareceu, num quadrinho, a igreja de São Francisco de Assis. Cliquei em cima e a imagem cresceu, ocupando quase toda a tela. Na foto, sem a feira que entulhava de barracas e de um artesanato sem muita variedade o espaço à sua frente. Dava para perceber muito melhor os detalhes da igreja, a fachada arredondada, as torres redondas e um pouco recuadas. Cliquei num ícone lateral, para acessar o interior. Entre outras imagens, a do lavabo da sacristia, cheia de anjos. Um deles, ao alto, parecendo voar. Todos tão rechonchudos. Mas a foto identificava o autor daquelas figuras. Aleijadinho.

Então ele existia mesmo. Pesquisei o nome. Um artista brasileiro, do século XVIII, deformado à certa altura da vida por uma doença, mas que continuou a trabalhar, ajudado por escravos, que adaptavam ferros e martelos em suas mãos deficientes. Um aparelho de couro aplicado em seus joelhos permitia que se movimentasse e até subisse em escadas. O homem tinha perdido todos os dedos dos pés e só podia andar de joelhos. Os dedos das mãos também caíram e só teriam restado, quase desprovidos de movimento, o polegar e o indicador. Com apenas dois dedos, ele trabalhava, esculpia imagens, criava anjos!

Olhei meus dez dedos sobre o teclado. Que podiam chegar até outros trabalhos do artista. Tantos santos. Como os que guardam, na minha cidade, a velha ponte, Karluv Most. Ele esculpiu imagens de pedra ou de madeira. Fez rebuscados altares. Imagens de profetas em outra cidade, que não era Ouro Preto. E um rosto de Cristo, de madeira, com a coroa de espinhos. Tão belo, os lábios entreabertos, o olhar sereno, apesar dos espinhos a apertar a testa. Então descubro outra foto da mesma escultura, a cabeça agora integrada ao conjunto do corpo. Cristo está sentado, entre soldados, que se voltam para ele com gestos de ameaça. A imagem está identificada como "Cristo ultrajado".

Creio que eu entendi por que aquele homem fazia anjos, mesmo sem dedos. É claro que me assustava o fato de ele ter escravos. Mesmo assim fez alguém ser belo e sereno, ainda que com uma coroa de espinhos e sendo ofendido e xingado.

Bastante diferente de qualquer um, ele fez as coisas mais bonitas da cidade que para mim era a mais bonita do Brasil. E tinha aquele apelido com que os brasileiros amenizam sua crueldade, um "inho", que parece carinhoso, no nome que ressalta a doença e a deformidade.

Nas minhas férias, tinha ido até ele. Vi seus trabalhos, sem o ter identificado. Graças à Margarida e àquele computador disponível no recreio, descobri que tinha existido. Mas não podia ainda saber o que mais me impressionava naquela história. Os anjos. O Cristo. O homem se arrastando de joelho pelas escadas e os andaimes da igreja. Os escravos. O martelo amarrado entre os dois únicos dedos. Talvez, sim, aquele rosto belo e sereno, arranhado pelos espinhos. E indiferente aos gritos e aos gestos acusadores de homens armados.

— Obrigada, Araci — me despedi da bibliotecária.

6

As garotas da sala. Não somos amigas, mas a Tatiana e a Patrícia são as mais simpáticas. A Tatiana é tímida. Tem um nome eslavo, mas deve ter um forte sangue indígena. Pelo menos se parece com os índios que costumo ver nos documentários da televisão. Márek prometeu ir comigo à Amazônia, logo que der, talvez nas próximas férias. Ele também é fascinado pelos índios. Os índios eram, como as fadas, uma fonte de maravilhas da minha infância, embora confundisse os dos Andes com os da floresta. Agora sei que os daqui não usam ponchos e os mais arredios ainda andam nus. E se enfeitam com belas penas de pássaros.

Pois a Tatiana, apesar de não conversar muito comigo, costuma me sorrir e oferecer as coisas que come. A Patrícia, uma garota alta e extrovertida, foi a primeira a se preocupar comigo. Tentou até me ensinar Português e, no fundo, acabava me confundindo ainda mais. Às vezes se lembra que eu existo, chega a me abraçar, começa a me contar umas histórias que nunca fico sabendo como acabam, depois se volta para o primeiro que passa e me esquece. O próprio pessoal diz que é uma destrambelhada, mas é uma boa pessoa.

Existem duas meninas que são meio apagadas. Não são bonitas nem boas alunas, o resto da sala não parece notá-las. Já cheguei a ter uma certa inveja delas por isso. Branca e Rosali são do tipo quieto. Achei que podia me aproximar delas, mas na verdade não se interessaram o mínimo. O único assunto que tiveram comigo foi sobre as novelas da televisão, um tipo de programa a que raramente assisto. Também percebi que me acham esquisita. Mesmo que não queira, eu chamo atenção. Nunca daríamos certo.

A Roberta é uma outra Sofia, só enxerga os homens na vida. A Lia, tão boa nas aulas de Artes, tem seu lado interessante diluído na insegurança. Tem sempre de se apegar em alguém. Anda muito com a Lídia. Esta parece adulta no seu jeito de disfarçar o uniforme. Penteia-se como uma mulher mais velha, usa joias. Parece querer dizer aos outros que é rica. Ela se expressa bem em inglês, acho que melhor que eu.

A professora de Inglês, aliás, é outra novidade. Eu me dava bem com a do ano passado e estranhei a mudança. Esta é mais espalhafatosa e gosta de dizer que morou nos Estados Unidos. É uma mulher alta, assim como a Patrícia. E usa sempre um batom muito forte, mesmo àquela hora da manhã. Os cabelos compridos e armados são pintados de um tom de cobre. Acho que mistura as piores tendências das mulheres brasileiras com as norte-americanas. Preferia a simplicidade da outra, de quem até já esqueci o nome. O desta será difícil esquecer. Bárbara. Parece com Barbie, não?

Pois Bárbara ficou sabendo que a dupla Lídia e Lia passou as férias em Miami e pediu que na próxima aula nos contem da viagem. Assim ficaremos sabendo algo da civilização norte-americana através de duas jovens como nós. Até que tenho uma certa curiosidade para saber por que os brasileiros gostam tanto dos Estados Unidos e especialmente de Miami. Quando cheguei, talvez por causa das minhas sardas ou do meu busto, realmente maior do que o das meninas daqui, era comum me perguntarem se eu não era americana. Mas, quando dizia que não e que nem era inglesa ou francesa, logo se desinteressavam.

Se eu fosse daquele país, certamente a Bárbara me veria com outros olhos. E me colocaria na frente da sala para falar da Estátua da Liberdade ou de Hollywood. Talvez recorresse a mim para confirmar a pronúncia de alguma palavra menos usual.

Mas não me preocupo com isso. Que Lídia e Lia apareçam na frente da sala na próxima aula de Inglês. E enfrentem os olhares dos colegas. Pelo menos elas são duas e uma poderá se apoiar na outra.

7

Hoje tem aula de Português aqui em casa. Ela já percebeu como meu pai gosta de música. Trouxe um disco, para que ele conheça a letra. É um CD de samba de um sujeito chamado Noel Rosa. Não sabia que o Márek gostava de samba. Será que vai virar um outro Vlad?

Do meu quarto, percebo quando ela coloca a música. Para minha surpresa, não é como os discos da Sofia. Há uma certa melancolia e um ar de coisa antiga no som que começa a vir do escritório. Então, os brasileiros também podem ser tristes. Talvez por isso eu consiga suportar a Eliane.

Mas fecho a porta e me isolo deles e do Noel Rosa. Ligo a televisão. Está passando uma novela. Deixo um pouco naquele canal. Os atores falam muitas gírias. É um jeito de eu entender melhor a linguagem de meus colegas. Acabo refletindo por que a Roseli e a Branca se entusiasmam tanto com isso. Elas não se parecem com as atrizes nem têm o jeito delas, que desfilam de *shorts*, blusinhas curtas o tempo todo. Reconheço o estilo da Sofia. Será que o interesse de minhas colegas é por causa dos galãs, musculosos, também sempre mostrando o corpo? Na maior facilidade, eles e elas fazem amor. Mas as histórias não me agradam. É tudo tão superficial.

Os brasileiros que eu vejo na rua não são tão bonitos quanto os que aparecem na novela. Nem as ruas ou as casas se assemelham aos lugares onde vivem os personagens. Há um excesso de gente rica naquelas histórias. Em compensação, os telejornais me assustam. Há tanta cena de violência, desastres, assaltos, acidentes. Policiais entram nas favelas e trocam tiros com bandidos. Até parece que todas as pessoas das favelas são traficantes de drogas. Mas no dia a dia as coisas não são bem assim. Se o Márek tivesse visto antes os telejornais brasileiros, não me teria trazido para cá.

No entanto, o que mais me desagrada nesses noticiários é que raramente falam do que acontece pelo mundo. A não ser quando há uma guerra, uma inundação, um desastre ecológico. Quase nenhuma palavra sobre a Europa central ou oriental. O único país, na região, de que costumam falar é a Rússia, e assim mesmo bem menos do que falam dos Estados Unidos.

Não há tantos seriados americanos por aqui. Em compensação, há muito futebol. E costumam transmitir jogos internacionais. Nunca, é claro, com os times tchecos. Mas há canais com outros esportes. Às vezes vejo tênis, basquete ou vôlei. O que eu prefiro mesmo, no entanto, são os documentários. Ou então os noticiários dos canais estrangeiros, que me informam sobre a Europa. Mesmo o português, apesar de eu entender com mais dificuldade o que falam. Tem hora que me pergunto se brasileiros e portugueses falam a mesma língua. Não consigo gostar mais de desenhos. Mas os filmes acabam me interessando. O problema é que frequentemente me fazem cochilar.

— Márika!

Puxa, eu já tinha começado a dormir. Márek me chamava. À noite, geralmente ele prepara o jantar. Nada muito complicado. Sempre há uma sopa, que nós adoramos, às vezes um bife empanado, salsichas, uma salada ou batatas.

Lavei o rosto antes de ir para a mesa. Para minha surpresa, há uma toalha nova sobre ela. Pratos e talheres para três. Esta noite iríamos tomar vinho. Parece que Noel Rosa fez efeito sobre meu pai.

— Que surpresa! — fiquei entusiasmada com o que tínhamos para comer.

Ele preparou algo diferente, uma especialidade nossa, à base de lombo defumado e acompanhado de repolho branco. E com uns bolinhos de batata que são uma delícia. Mas parece que a Eliane estranhou o repolho, que chamou de um nome engraçado, chucrute.

Coitada! Não sabia o que a aguardava no final do jantar. Márek insistiu para que ela tomasse, como digestivo, a *becherovka*, um licor meio amargo feito de ervas. Com certeza, não agradou ao paladar dela, já reticente ao azedo do repolho.

Se ela quiser que o Márek goste mesmo de samba, vai ter de se acostumar com a *becherovka* e o chucrute...

8

Estou aprendendo alguma coisa sobre os compositores brasileiros, pelo menos os nomes. Além do Noel Rosa, de quem conheci a música, fiquei sabendo que os gêmeos Edu e Chico têm nome de autores populares.

— Do tempo do Rochedão! — me explicou a Patrícia.

Esse é o apelido que eles dão para o professor Rocha, que ensina Matemática. E parece ser o único da matéria no colégio.

— Não acredito! Ele outra vez? — ouvi a Roberta dizer para a Tatiana, logo que ele surgiu na sala.

Acho que ela esperava que ele fosse substituído por alguém mais jovem, mais magro, ou, de preferência, musculoso, como o sujeito que dá Educação Física para os rapazes.

Ele, o Rocha, logo começou a brincar com os gêmeos.

— Como é que vou reconhecer os parceiros? Quem é o Edu Lobo? E o Chico Buarque?

Acabou se orientando pela posição dos garotos na classe. O Buarque ficava à direita do Lobo. Só que na aula seguinte, os dois trocaram de lugar, me pareceu até que de propósito, e confundiram o professor.

Eu já sei quem é quem. O Eduardo é um pouco mais calmo que o Francisco. Com certeza, mais tímido, pois às vezes fica vermelho.

Imagino que não deve existir nenhuma sambista neste país com o nome de Márika. Pois, se existisse, eu já teria ganho seu sobrenome como apelido. Alguém me falou de uma bailarina, mas essa o Rocha não deve ter conhecido.

Os outros garotos da sala são os mesmos do ano passado. Alguns chamam mais a atenção. Como os dois de quem não gosto, Ronaldo e Luís Antônio. Foram os que mais implicaram comigo quando cheguei. O Ronaldo se aproveitava de que eu ainda não dominava a língua e se aproximava para me dizer coisas desagradáveis, mas que eu não conseguia compreender. Já o Luís Antônio, talvez ainda pensando que eu não entendesse a maldade de certas palavras, provocou um incidente bem desagradável. Eu lhe dei um tapa, saindo da sala.

Nesse dia, fui festejada pelas meninas. Mas, na verdade, nem tanto por minha causa. É que ele tinha sido namorado da Roberta e a trocou por uma menina de outra sala. Parecia que eu o tinha castigado pelo que fez com a nossa colega, e não porque estava me humilhando, com a observação que fez sobre os meus seios.

Desde então me olha como um inimigo, sempre ressentido. Se eu fosse um garoto, com certeza teria me chamado para brigar.

Dos outros meninos, os mais civilizados andam em trio. Miguel, Renato e Leonardo. O Leonardo é o mais extrovertido e muitas vezes puxa uma conversa. É meio engraçado e nisso lembra a Patrícia. Um dia me perguntou se eu era de Budapeste. Essa é outra cidade, cujo nome provoca duplo sentido para os brasileiros. Mas pelo menos fica perto de Praga e, ao que parece, também é uma cidade muito bonita. De modo que não fiquei ofendida com o Leo. O Renato tem o ar mais adulto dos três. O Miguel é o mais sério. Se as garotas fossem como eles, seria mais fácil para mim me relacionar com elas.

Talvez os homens sejam mais diretos e espontâneos, ou eu já esteja muito acostumada com o Márek. Mas acho o mundo das meninas tão diferente do meu.

9

O mundo das meninas está muito mais perto da Bárbara, com os cabelos e a maquiagem tão artificiais. Em mais alguns anos, a Lídia deve ficar muito parecida com a professora de Inglês. Quando o corpo começar a dar sinais da idade, vai apelar para as plásticas. Certas mulheres não podem ser velhas, preferem exibir uma beleza duvidosa, que nunca será natural. Se fosse mais decidida, a Lia podia se poupar desse destino. É mais sensível e inteligente, mas precisa sempre se apoiar em alguém. Será uma pena se virar outra Bárbara.

Digo isso porque tive de ficar olhando para as duas a aula inteira na nossa frente, falando da Flórida. A Lídia falava mais, tem um inglês melhor, talvez a única de nós capaz de dominar uma situação assim. O pai dela vive nos Estados Unidos e ela viaja para lá todas as férias. Mas eu percebia que certas imagens dos *slides* só poderiam ter sido escolhidas pela Lia. Elas mostravam a escolha de quem tem um olhar mais apurado. Eram as casas *art déco* de Miami, interessantes, apesar do jeito e das cores americanas. Praga tem umas construções no estilo *art nouveau*, que, acho, são de épocas semelhantes. Mas as nossas devem ser um pouco mais velhas.

Certamente, não foi ideia da Lia encerrar a apresentação com as imagens da Disneyworld. Nessa hora, a coisa quase vira bagunça. Todos pegaram no pé do Leo. Diziam que o sonho dele era ir para lá para brincar com o Pluto. Ele ficou uma fera. Acho que, finalmente, chegou para ele o momento de renegar a infância.

Quando a aula acabou, quis ir comentar com a Lia sobre os *slides* de que eu tinha gostado. Mas ela nem me deu oportunidade. Estava muito entretida em ver com a Lídia fotos de rapazes. A Lídia pensou que eu ficaria interessada.

— Veja, Márika, os nossos namorados!

— Hum... são americanos?

— Só o meu, o Mark. Na verdade, ele é filho de cubanos. Eu conheci lá.

A Lia, então, resolveu mostrar o dela.

— O André — disse, como se estivesse pessoalmente me apresentando.

— Cubano também? — perguntei.

— Não, ele é brasileiro, mas a gente não se conheceu em Miami.

— Imagina, Márika, que a Lia não conhece o André! — falou a Lídia, rindo.

— E como são namorados?

— Cartas, telefone, Internet — a Lídia me explicava no lugar da Lia.

Acho que não fiz nenhum comentário. A Lídia, então, disse:

— Você já viu coisa mais romântica?

— Acho que não.

E fui indo. Que coisa estranha namorar um desconhecido! Só podia ser coisa da Lia, mesmo.

No corredor, o Miguel e o Renato estavam parados e um deles, acho que o Renato, mexeu comigo.

— E você, quando vai falar para nós do seu país?

— No dia em que tiver aula de tcheco nesta escola! — respondi.

Por um segundo, pensei que tinha sido ríspida com eles, logo os que me tratavam melhor ali. Mas o Miguel explodiu numa gargalhada.

— Nossa, Márika... e eu que não conhecia o seu humor!

10

— Márika, por que você não compra umas roupas novas?

A Margô tinha parado de limpar o vidro da janela, logo que eu entrei no quarto. E olhava para mim, desaprovando minha camiseta violeta e a bermuda xadrez.

— Para quê? — perguntei.

— Nunca vi você comprar nada até hoje. Suas roupas são sempre as mesmas.

— Ainda estão bem boas.

— Se quiser companhia, posso ir com você. Acho que você ia ficar bem de vestido.

Disse que não concordava. Não me sinto confortável dentro de um vestido.

— Você tem pernas bonitas — ela insistia.

— Vou pensar nisso, Margô.

Aprendi com os brasileiros a não dizer nem sim nem não. E assim encerrava o assunto. Que mania de dar palpite na minha vida! Ela querendo me ver como uma futura Bárbara. Depois do vestido, viria com o batom. E daí a pouco, enquanto varresse o tapete, diria como quem não quer nada: "Se fosse você, eu deixava crescer esse cabelo...".

As mulheres, por aqui, sempre se acham no direito de aprimorarem a feminilidade das outras. Principalmente as que ainda são jovens. A Sofia também acha um horror o modo como eu me visto. A mãe dela, a Rita, percebeu e um dia comentou com a filha que eu não era vaidosa. As palavras respeitavam meu jeito de ser, mas o olhar dela traía a desaprovação que a conversa estava escondendo. Para a Rita, o normal, não só para as mulheres, como para todos os seres humanos, é ser vaidoso. Não fosse assim, ela mesma não cuidaria do guarda-roupa do marido e do filho. Todos sempre de acordo com as revistas ou as telenovelas.

E a Margô se oferecendo para cuidar do meu guarda-roupa. Imagino que ela gasta com roupas, cremes, maquiagem tudo o que ganha no trabalho. Quando vai embora, fica irreconhecível. Põe salto, se pinta toda e também não destoa dos anúncios das revistas.

Margô e Margarida têm nomes quase iguais e fazem o mesmo trabalho, mas são tão diferentes. As mulheres da idade da Margarida e do meio pobre nunca são vaidosas. As mãos da Margarida nunca devem ter conhecido um creme. Talvez, quando eu tiver a idade dela, tenha mãos parecidas. Embora eu não faça serviços pesados, como elas duas. Me intriga pensar por que mulheres velhas e vaidosas nunca são pobres. Será que as pobres não viam televisão na juventude? Ouvi dizer que a maior parte dos trabalhadores veio do campo. Talvez não tivessem televisão ou revistas no campo. Mas, em qualquer lugar, os camponeses são mais conservadores e menos sensíveis à moda. Devo ter sangue de camponesa, apesar de ter nascido numa capital.

Então, fui para a cozinha, onde esperam que as mulheres se sintam como um peixe na água. A Margô também se espantava porque é o Márek quem geralmente prepara nossa comida. Mas eu também vou para a cozinha e sei fazer algumas coisas. No dia em que ele não cozinhar mais para mim, não vou passar fome. E, às vezes, cozinho para ele. Não porque sou uma mulher e ele um homem. Mas quando quero agradar a nós dois.

Ele gosta, eu adoro *palacinky*. São panquecas recheadas com sorvete ou geleia e polvilhadas com açúcar ou chocolate. Em Praga, também usamos amêndoas, mas aqui não é muito fácil encontrá-las. Mesmo sem as amêndoas, vou preparar nossa sobremesa desta noite. O Márek vai gostar da surpresa.

11

Uma silhueta atrás da cortina. Uma mulher andando pelo quarto. As coisas dentro do quarto também são silhuetas. Um homem aparece. O casal discute. Eles se empurram, jogam objetos no chão. Uma criança se agarra às pernas do homem. Os três gritam em tcheco. Entre os objetos jogados para longe, um tem a forma de um urso de brinquedo.

Acordo suada. Custo a perceber que estou no Brasil. Não estou assistindo a um teatro de sombras, como tantos que vi na minha cidade. Mas permanece a impressão de que a menor das silhuetas era a minha. Não queria que o que ficou para trás na minha vida voltasse sob a forma de um pesadelo.

Recordo o meu dia. Tento achar o motivo desse sonho. Na escola, no recreio. Aquela conversa sobre família... Só podia ser isso... Teria sido melhor ficar sozinha, como sempre me acontecia no sétimo ano.

Mas neste ano eu quero me integrar mais. Talvez para ter histórias para contar ao Márek. Ele me incentiva, faz questão de ouvir, na hora do jantar. E eu tenho de ter histórias, para que ele saiba que eu participo do que acontece naquela escola. Se é que ouvir os outros é participar. Talvez ele pense que eu contracene com meus colegas.

— As pessoas se separam muito no Brasil — eu disse a meu pai.

Ele se mostrou interessado. E imaginou que fosse uma informação escolar.

— São estatísticas das aulas de Geografia? — perguntou.

— Não, são coisas que os colegas contam — eu expliquei.

Notei como ele se interessou ainda mais. Acho que pensou que o pessoal já me fazia confidências. Na verdade, eu sabia sobre o pai da Lídia morando nos Estados Unidos e também sabia que a mãe dela vive aqui, porque costuma trazê-la de carro. E tinha descoberto outro caso de separação entre os alunos da sala.

— A mãe do Miguel se casou.

Noto como ele gosta de ouvir os nomes de meus colegas. E já conhecia todos, guardava cada um deles, como se a turma fosse até mais íntima dele do que minha.

Márek fez uma piada:

— Os pais do Miguel ainda eram solteiros?

— Não, nem ele era órfão.

O detalhe de que o Miguel não era órfão aprendi com o Leo. Como uma bisbilhoteira, perguntei a ele no recreio. Pois escutei os meninos comentando que gostariam de ter ido ao casamento. Foi como descobri que o Miguel não tinha vindo às aulas porque a mãe ia se casar naquele dia. O Leo gosta de falar e me explicou que nem ele nem o Renato tinham sido convidados, porque não seria um casamento na igreja e também não haveria uma festa. Imaginei um segundo casamento da mãe, supondo que o pai teria morrido e a mulher seria, então, viúva. Meu colega logo riu de mim. Deve ter pensado que os tchecos não têm o hábito de se divorciar. Esse detalhe não contei ao Márek.

— Quem estava mesmo se casando? — meu pai perguntou, como se não tivesse ouvido o que eu já tinha dito.

— A mãe — eu respondi.

Imediatamente, ele mudou de assunto. Falou da comida. Disse que gostava quando eu preparava as sobremesas.

— Por que não aprende uma sobremesa daqui? — quis saber.

— Não temos aulas de culinária na escola.

— A Margô pode ensinar a você. Ou a Eliane. Quer que eu peça a ela?

— Não precisa. A Margô vem amanhã.

Levantei da cama, abri a janela. Olhei a noite, lá fora, enquanto segurava a cortina. Pensei no Miguel. Ele nem tinha ido à aula. Mas conseguia me provocar aquele sonho. Continuei pensando nele, naquele colega. O que estaria sentindo na hora em que sua mãe se casava com outro homem? E com quem ele vivia? Com o pai, como eu?

12

Pois o Miguel vive com a mãe. E agora com o padrasto. Mas juro que não perguntei a ele só para contar ao Márek. E aquela história não ia ser comunicada ao meu pai. Primeiro, porque ele não ia achar graça. E, depois, porque era a mim que aquilo interessava.

— Devo lhe dar os parabéns? — perguntei. E estava sendo sincera.

Nem precisei ir atrás dele. Nós dois tínhamos sido os primeiros que entraram na sala. Estávamos sozinhos.

— Pelo casamento? — ele entendeu.

— Não sei se você está feliz com a situação — eu me expliquei.

— Estou me acostumando, Márika.

Deixei que ele continuasse.

— Eu morava sozinho com minha mãe. E, agora, vai ter um outro homem dentro de casa.

— E o seu pai? — perguntei.

— Casou há um bom tempo. Tem outra família. Tenho duas irmãs, por parte dele.

Aí ele me olhou de um jeito, que percebi que era de cumplicidade.

— Sabe que o Jamil é libanês?

— Mas quem é o Jamil?

— Meu padrasto. Ele não é brasileiro.

Na cabeça dele, um libanês e um tcheco podem ser iguais. Porque não comem feijoada nem falam português.

— Um muçulmano? — eu perguntei.

Para mim, os árabes deveriam ser todos muçulmanos. E imaginei que ele pudesse pensar que eu fosse uma muçulmana.

— Não, a família dele é católica. Acho que são minoria no Líbano e por isso acabam, de um jeito ou outro, envolvidos nas brigas com os muçulmanos.

— Ele é um refugiado político?

— Não, já tinha parentes aqui.

E então ele me fez uma pergunta direta:

— Você é uma refugiada?

— Não, meu pai veio para trabalhar — respondi rapidamente.

A conversa parou ali, para meu alívio. Não gosto de dar explicações sobre minha vida. Outros alunos chegaram e vieram falar com ele. Fui para o meu lugar, ao lado da parede.

Eu tinha perguntado algo íntimo, mas os brasileiros falam abertamente de suas intimidades. Só que, pelo que eu tinha feito, o Miguel já estava a um passo de me fazer perguntas mais íntimas. Perguntas que eu não tenho vontade de responder. Mas agora eu estava sabendo coisas dele. E a situação que ele vivia era o contrário da minha. E eu também corria o risco de ter um dia uma estrangeira dentro de casa. Porque, mesmo vivendo no país onde ela nasceu, dentro de minha casa e da minha família, a estrangeira seria sempre a Eliane.

E me surpreendi olhando na direção do Miguel. Entendi, meio tarde e à minha maneira, aquele ar de cumplicidade que ele teve para mim, apesar de não saber da minha história.

13

Será que vou virar uma mentirosa? Pelo menos eu não tinha dito ao meu pai que tinha feito aquela sobremesa. Mas sabia que ele pensava que eu tinha colocado as minhas mãos naquela coisa. A única responsável era a Margô. Ela mesma tinha ido comprar a lata de leite condensado e me fez provar o líquido espesso e amarelo, como se fosse o tal néctar dos deuses. Tanto açúcar me provocou um calafrio. Mas não tive como impedir que ela preparasse o pudim. Só não tive o menor interesse em aprender a preparar aquilo. Quando voltei à cozinha, ela ainda estava fazendo uma calda... queimando açúcar branco!

Mas era uma sobremesa brasileira, conforme a sugestão de Márek. E, naquela noite, a Eliane era, novamente, sua convidada. Percebi que era a ela que ele queria agradar. Pois não empanou nossos bifes. E, para acompanhar, uma salada

apenas. Nada que ferisse o paladar da moça. Ele também dispensou a sopa. Já entendi que os brasileiros só tomam sopa no inverno. O Márek também deve ter aprendido isso, talvez durante a própria aula de Português.

Com certeza, ela ia gostar do tal pudim. Mas o Márek, ah, ele ia se arrepender por ter me feito recorrer às artes culinárias da Margô, ah, se ia! Fiquei observando a reação dos dois, assim que trouxe para a mesa o famoso pudim de leite condensado. Que a Eliane, sem que eu entendesse por quê, chamou de leite moça.

— Que beleza! — disse meu pai.

Na verdade, a aparência não era ruim, mas nada tinha de beleza. Cortei pedaços bem grandes para os dois e para mim servi um bem fininho. Fiquei observando como reagiam, especialmente meu pai.

A professora provou primeiro. Sua expressão de prazer não me surpreendeu.

— Hum! Delicioso, Márika — ela me cumprimentou.

Márek se sentiu animado e atacou seu doce. Fez um ar intrigado, mas elogiou:

— É bom...

Eu estava esperando que ele cuspisse, ou pelo menos engolisse com uma careta. Mas ele emendou a segunda colherada, sem se alterar.

Eu tinha de experimentar. E até que não era tão horrível. Doce, sim, mas ela deveria ter colocado algum outro ingrediente, que cortou um pouco do açúcar. Entendi por que ele conseguiu comer. Mas por que ela raspou o prato até o fim?

— Quer mais? — ofereci.

Ela aceitou. Deve ter se sentido homenageada. Com toda certeza, meu pai tinha avisado a ela que aquilo era obra minha.

— Agora é minha vez! Não se levantem.

Eliane foi para a cozinha.

— Não quer ajuda? — Márek se ofereceu.

— Eu me viro.

E realmente se virou. O cheiro denunciou. Estava preparando café. Eu e meu pai nos entreolhamos. Nunca tomamos café à noite.

Ele mesmo me desculpou, antes que eu recusasse. Explicou que eu perderia o sono se tomasse aquela bebida. Mas eu sei que quem perde o sono é ele! Mesmo assim, sorveu aquele café. E, pelo jeito, a Eliane gostava de um café bem forte. Nunca vi nada tão preto.

Logo que meu pai esvaziou a xícara, ela perguntou:

— Aceita outra?

14

Eu sempre sei quando estou sobrando. Nunca obrigo as pessoas a suportarem minha presença. Eliane e Márek foram lavar a louça, me dispensando da tarefa. Daí que vim para meu quarto. Eles deviam ter assunto um com o outro. Foi quando decidi escrever para Vera, apesar de ela não ter respondido minha última carta.

O que eu queria na verdade era escrever na minha língua, antes que comece a esquecer o tcheco, já que tanto me esforço com o português. A própria Ester colocou uma observação na redação que eu fiz esta semana. Ela me cumprimentava pelo grande progresso. E, pessoalmente, comentou que esperava que, com as férias, eu tivesse recuado nesse avanço. Não entendi. Eu fiquei aqui, ouvindo essa língua todos os dias. E ainda pratiquei lendo jornais e revistas. Se tivesse de esquecer algo, seria a minha língua...

Fiz de conta que minha amiga não me mandava uma linha há pelo menos dois meses. Preferi me lembrar das longas conversas que a gente tinha, voltando juntas da escola. Íamos sempre devagar, parando pelo caminho, fazendo desvios. Senti saudades daquelas ruas. Lembrei do parque aonde íamos certos domingos. Praga tem vários parques. Na parte que chamamos de cidade nova, *Nove Mesto*, fica o jardim botânico. Mas é na *Mala Strana*, que seria o pequeno bairro, para os lados do castelo, no lugar que chamamos *Hradçany*, que ficam os jardins mais conhecidos. Junto das velhas muralhas, fica o jardim do sul, de onde se tem uma bela visão da cidade. Do outro lado do castelo, está o jardim real, que acho muito arrumado, tudo tão geométrico. Na ilha de Kampa, no meio do Vltava, há um parque com árvores, gramados e flores (no verão e na primavera). Um dos parques mais interessantes, porque é cheio de escadarias, feitas em terraços e tem uma vista espetacular, também dando para o rio, se chama Kolowrat-Cernin.

Mas aquele que eu e Vera mais frequentávamos fica perto de um mosteiro, é mais tranquilo e cheio de macieiras. Seu nome é Vojan e para mim sempre lembra o verão. É claro que tenho de começar minha carta falando do Vojan, porque aqui, embora ainda pareça verão, está para começar o outono. Em Praga, a primavera! Minha amiga não pode imaginar o que é viver sem primavera e sem outono. Mas, para que não me ache muito nostálgica, vou falar do que descobri de bom por aqui. Claro, Ouro Preto. Certamente, ela nunca ouviu falar dessa cidade nem de Aleijadinho. Vou juntar uma foto da cidade, para que ela conheça. Também digo que eu escrevo cada vez melhor em português.

Escrever uma carta demora, porque muitas vezes paro para pensar, recordando os lugares e emendando uma ideia na outra, e o modo de fazer isso também requer uma reflexão. Mas também perco tempo, porque começo a hesitar com a ortografia de certas palavras. Será que o preço para aprender o português significa desaprender o tcheco?

Está quente, fico com sede. Bom, a carta está terminada. Meu nome assinado na última linha. Vou à cozinha para tomar água.

Do corredor, percebo que eles ainda estão lá. Mas até agora? A cozinha está escura. Eles pensaram em apagar as luzes. Mas posso ver as duas silhuetas entrelaçadas. E os ruídos de um beijo. Márek e Eliane estão se amassando contra a parede da cozinha.

Tusso. Como duas crianças assustadas, eles olham para mim.

15

Não sei se terei de fazer como Miguel e me acostumar com uma terceira pessoa em minha vida. No recreio, ele me deu atenção. Alguns minutos, mas eu não precisava de mais.

— Está se acostumando com o padrasto? — eu perguntei.

— Já conheço o Jamil há uns dois anos, Márika. Ele me trata com respeito.

— Mas vocês não moravam juntos!

— É, é meio difícil, logo de manhã, ter mais uma pessoa na mesa do café.

— Eu sei. É como se a gente perdesse a intimidade.

— Mas minha mãe está feliz, Márika.

— E você não gostaria de ficar sozinho com ela?

— Nós almoçamos só nós dois. Ele raramente vem para o almoço.

Pelo menos Miguel não estranhou meu interesse. Agiu como se fosse a coisa mais normal do mundo. Talvez tenha gostado por eu ter me preocupado com ele. E não perguntou nada de minha vida. Mas, se perguntasse, eu deveria responder. Já que ele responde às minhas indiscrições. E, quem sabe, me entenderia. É, Vera estava me fazendo falta.

Durante a aula do professor Rocha, me distraí por um bom tempo. Pensava na preocupação de Miguel com a felicidade da mãe. Não conheço o tal Jamil, mas deve ter feito feliz a mãe do Miguel. No meu caso, duvido que a Eliane possa fazer o Márek feliz. Ela só pode ajudá-lo a esquecer.

Márek precisa esquecer Praga e o que a gente vivia antes. E isso me assusta. Porque quase tudo que é bom para mim, todas as coisas que estão nas minhas melhores lembranças devem fazer meu pai sofrer. Talvez eu mesma o faça sofrer, se olha para mim e se lembra de Ludmilla. Mas eu também não posso pensar em minha mãe!

Vai ver que o Miguel é mais generoso do que eu, se é capaz de dividir a mãe dele com esse Jamil. Mas a nossa casa é a única coisa que eu tenho no Brasil. Além de meu pai! Sei que ontem eu fui muito egoísta.

Mas tive de dizer a ele, assim que a Eliane foi embora:

— Não quero que ela durma aqui!

Márek me abraçou e me prometeu:

— Se você não quiser, ela não dorme!

E eu me senti muito mais importante que a Eliane. Não tive coragem de dizer que não ligaria se eles fossem dormir na casa dela, em algum hotel, onde fosse. Desde que ele voltasse para casa.

Afinal, eu vim para cá com ele. Deixei para trás todos os jardins de Praga e minha única amiga. Ele nem precisou me perguntar se eu queria vir. Não, a gente não é refugiado político. Será que existe refúgio sentimental? Só sei que atrás de nós vieram nossas sombras. E, às vezes, meus pesadelos.

16

A primeira prova do oitavo ano foi dada pelo Prudente. As provas me deixam tensa, afinal tenho de raciocinar em dobro. Quando uma resposta parece difícil, eu penso em tcheco. E depois, tenho de rapidamente escrever em português a ideia que desenvolvi na minha língua. No dia-a-dia, acho que já penso em português, quando escrevo. Principalmente quando anoto no caderno o que escuto nas aulas.

Portanto, eu me concentro sempre no papel à minha frente e não percebo nem me interesso pelo que ocorre à minha volta. Mas o Prudente começou a emitir uns pigarros estranhos. Da segunda vez, acabei olhando em sua direção. A testa estava enrugada e os olhos tinham uma expressão desaprovadora. Meus olhos foram atrás dos dele. Não consegui ver o rosto do Luís Antônio, mas percebi um sorriso sem graça na cara do Ronaldo. Sempre ouvi falar que os dois se envolviam em cola. Com certeza, estavam tentando algo.

Voltei a mergulhar na minha língua, mesmo porque o desenho e a geometria não necessitam tanto passar pelo português. Mas quase erro o traço. O "hã-hã" agora parecia me envolver. Mas felizmente, e não podia ser de outro jeito, não era para mim. Sentada ao meu lado, a Roseli tremia. E, ao lado dela, a Branca mais parecia uma cereja. Quer dizer que aquelas duas também eram capazes de trapacear? Como as pessoas podem fazer uma coisa assim?

Terminei a prova e tive de sair da sala. Nesse momento, entendi que a obrigação de entregar a prova e deixar em seguida a sala era uma medida para impedir o aluno que terminasse de começar a soprar as respostas para um outro. Na minha cabeça, aquele hábito eu explicava, até então, pela necessidade de silêncio, pois quem continua escrevendo precisa de concentração. E como as pessoas aqui adoram falar, logo iriam começar a conversar e a atrapalhar a concentração dos outros.

No corredor, passei pela antiga sala em que eu tinha aula de Artes. Parei um pouco, diante da porta, olhando para dentro. Aquele era um lugar que me atraía. Nunca fazíamos prova. E eu me divertia.

Não havia aula naquele momento, mas sinais do que acontecia por ali. Os alunos trabalhavam com cerâmica. Havia trabalhos começados e interrompidos, espalhados pelas mesas. Imaginei se daquelas aulas não brotaria a vocação de um escultor. Alguém que se sentisse como o Aleijadinho. Não as dificuldades físicas, mas a emoção de criar algo importante.

Senti uma enorme pena de não ter mais aquelas aulas. A primeira vez que eu sentira algo positivo na escola tinha sido naquela sala. Como se minha alma de artista me visitasse. E depois me abandonasse, quando eu saía dali. E agora, será que nunca mais voltaria?

— Márika!

Sem que eu tivesse percebido, o Juca tinha entrado atrás de mim. Não sabia como me desculpar por estar ali. Mas nem precisei. Ele tinha uma voz tão alegre, quando me perguntou:

— Então, veio me visitar?

— Acabei de sair de uma prova de Desenho — foi o que consegui dizer.

— E se lembrou das aulas de Artes?

— Eu sinto falta — confessei.

— Também sinto sua falta — ele disse.

Fiquei embaraçada e me calei.

— Você não gostaria de ter umas aulas de pintura?

A princípio achei que tinha entendido mal.

— O quê?

— Quer tomar umas aulas de pintura comigo? Você tem jeito, menina!

Perguntei os detalhes. Seriam à tarde, num ateliê que ele tem, fora da escola. Fiquei de conversar com meu pai, mas saí dali sorrindo.

17

— Você é danadinha, hein, menina?

Quem me chamava assim era a Margarida. Agora eu sabia que danadinha era um elogio. Há alguns meses, iria ficar sem saber se não estava sendo xingada, pois as pessoas dizem "que se dane!" para alguém, quando não gostam de algo que esse alguém fez.

— Vi o gol que você marcou!

A Margarida tinha assistido à partida de handebol e eu tinha feito um gol. Apesar de baixa, sou forte e não fujo do corpo a corpo e naquele dia estava muito atenta ao jogo e com vontade de correr. É raro eu gostar de Educação Física. Só quando a gente pratica um esporte de verdade, como o handebol e o vôlei, mas no vôlei meu tamanho é desvantagem. O problema é que a Valdete, a professora, insiste para que a gente faça ginástica a maior parte do tempo, e disso eu não gosto, acho muito chato. Mas a maioria das meninas prefere. Elas gostam sobretudo de alongamento, pois acreditam que favorece a silhueta.

Sorri para ela, agradecendo. Daí ela me perguntou se na minha terra eu jogava futebol. Nem esperou pela minha resposta e começou a se desculpar.

— Não estou querendo ofender você, Márika. É que, nos outros países, eu sei que é comum as mulheres jogarem futebol, e essas estrangeiras são geralmente bem bonitinhas. Parece que no Brasil futebol é principalmente para os homens, ainda. Ou para mulheres feias. Ou, então, se jogam futebol, as garotas não são femininas. A Margarida evitava me chamar de feia ou de pouco feminina.

— Eu nunca joguei futebol, Margarida.

Minha resposta era apenas a verdade. Não me importo em parecer bonitinha nem gostosinha. Jogar handebol era apenas uma coisa agradável, e naquele dia me envolvi mais, porque estava realmente alegre.

Tinha, na véspera, começado minhas aulas com o Juca. Na verdade, não tinha feito grande coisa. Só algumas experiências com tintas, papel e manchas. Ainda nem tinha trabalhado a cor. Ou manuseado um pincel.

O importante era estar dentro de um ateliê, de ver o avental do Juca manchado de tinta. Eu queria ter um avental igual. E poder andar entre os cavaletes da sala, entre as prensas de gravura. De ver as gravuras de outros alunos secando no varal. Por enquanto me bastava sentir o cheiro das tintas.

Em Praga, lembro que Márek queria que eu estudasse música. Mas quem prefere música é ele. Minha alma de artista quem descobriu foi o Juca, que nem pode imaginar o quanto eu sou grata a ele.

Acho que nunca tinha me sentido tão bem no Brasil. Quando recebi a bola e parti para o gol, tudo era tão bom. O ar, o vento. Já não fazia tanto calor nem havia aquela umidade sufocante. Aquilo era o outono brasileiro!

Se olho para o céu, me parece que o azul recuou para mais longe e não vai mais desabar sobre minha cabeça. A luz já não me fere os olhos. O próprio azul é mais suave. E, pela primeira vez, eu tinha feito um gol no handebol. E alguém (de novo, a Margarida) tinha notado.

18

Os dias de outono são mesmo diferentes, desta vez eu percebo melhor. As mudanças são sutis, o ar vai esfriando aos poucos e a luz do dia se torna mais suave. Às vezes, venta, não como as brisas de verão. É um vento mais frio e que não traz chuva. Descubro como maio é, por aqui, um mês muito agradável.

De repente, o Brasil me acena com um momento confortável. Quando, de Praga, recebo notícias que não me deixam alegre. Vera escreveu. Quase não comentou as coisas de minha carta. Como se já se esquecesse de nossas lembranças de verão e os passeios ao Vojan. Foi, aliás, uma carta tão rápida. Nela se desculpa por não ter me escrito antes. E me anuncia ter conhecido alguém especial. Um rapaz de quem só me revela o nome, Jan. Sem me dizer como é seu sorriso, a voz ou o jeito de olhar. Não senti ciúme por Vera estar agora com um namorado. Fiquei decepcionada por não merecer nenhuma confidência. Jan é apenas um rapaz especial. De quem nada posso saber, a não ser que rouba o tempo de minha única amiga, que já não se interessa em me escrever e contar o que se passa em nosso país.

A outra coisa que me informa é que Ludmilla está grávida. E isso é um verdadeiro choque. Minha mãe sempre dizia que não queria outro filho. Eu mesma pensava que, aos quarenta anos, ela não engravidaria mais. Não tenho coragem de dizer ao Márek. Afinal, foi porque minha mãe nos deixou que viemos para cá. E esse irmão ou irmã que vem aí será também meu primo ou prima. O novo marido de Ludmilla é meu tio, Jiri, o irmão mais novo de Márek.

Com certeza, isso vai fazer muito mal ao meu pai. Não quero imaginar ele socando as paredes até sangrar as mãos. Ou rasgando todas as fotos de Ludmilla. Isso ele fez naquele tempo, na nossa casa. Tanto que eu não tenho nenhuma foto de minha mãe. Essa mãe para quem também nunca escrevo, porque ele não quer que ela saiba nosso endereço. Mas para quem eu dava um jeito de mandar um recado disfarçado, através de Vera.

Pelo menos, minha amiga continua sendo essa ponte entre mim e minha mãe. Tanto que eu sei o que Márek não sabe. E fico apreensiva. Devo contar a ele? Como Márek vai reagir ao saber desse meu irmão ou irmã? Eu mesma não sei o que pensar. Isso, é claro, significa que ela terá uma nova família com Jiri. E que, mais do que nunca, minha família somos Márek e eu, apenas.

De repente, sinto medo de Eliane, medo de que ela também arranje um bebê. Quem diria, que, na minha idade, eu passaria a ter medo de irmãos tão mais novos, irmãos que ainda nem nasceram...

Sinto um gosto tão estranho na boca, como se algo azedo viesse de dentro de meu estômago. Achei que iria vomitar, mas não consigo. Então, me lembro da aula. Tenho de trocar de roupa e correr para o ateliê do Juca. Pus uma malha preta. Mangas compridas, como não vestia há tanto tempo. As calças igualmente pretas. Me vejo no espelho, de relance. O preto, é verdade, me alonga, me emagrece. Me sinto estranhamente bonita. Quase nunca me senti bonita. Mas a figura de preto no espelho exalava aquele ar de tristeza e gravidade. Entendi que Vera se sinta mais adulta ao lado de Jan.

Eu me senti muito diferente num relance, refletida no espelho. E, com meu material na mochila, saí para a rua. A mesma rua de sempre, mas que também era outra rua. E a cidade era outra, porque eu caminhava numa tarde de maio. Rumo à aula do Juca. Eu precisava desenhar, eu precisava pintar.

19

Na aula de Matemática, observei o Miguel rindo da piada do professor Rocha. Uma piada que eu não entendi, porque algum detalhe fundamental me escapou. Não entender uma piada do Rocha me deixa triste. Mais do que não entender sua matemática. Dizem que quem não entende uma anedota é lento de raciocínio. Mas acontece que estrangeiros costumam raciocinar diferente. Ou valorizar de outro modo as coisas. Pois é. Não ri. Assim como o Luís Antônio, que se recusa a rir do Rochedão, como eles dizem.

E fiquei observando como o Miguel ria, tão solto. Pensei, que bom sujeito ele é. Só quem é bom de verdade pode rir assim. Quem ri desse jeito é alegre. Ou feliz. E está em paz. Mesmo que sua mãe tenha colocado outro homem na vida dele. Se fosse comigo, eu não ia admitir. Porque eu tinha decidido me livrar da Eliane.

Não parecia racional, nada tinha de lógico a minha birra, só porque aquela mulher poderia aparecer grávida de um dia para o outro. Para imitar Ludmilla. Na verdade, o que me incomodava mesmo era ter aquele segredo. Saber aquilo e não contar ao Márek. Para proteger meu pai. Eu sei o tanto que ele gostava da Ludmilla. E talvez ainda goste, e para sempre. Por isso, mudamos de endereço, mudamos de clima, mudamos de idioma. Não me importo tanto que Ludmilla tenha outro filho. Mas Márek vai saber, com isso, o quanto, mais uma vez, ela preferiu Jiri. Por quem abriu mão também de mim. No meu lugar, um filho de meu tio. Pode até ser que ela precise de outro filho, para ocupar meu lugar, já que vim com meu pai. Mas sei que ele nunca vai aceitar um filho de Ludmilla e Jiri.

Na hora do jantar, lá está ela. Sorri para mim. É um sorriso esforçado, não natural. Minha vontade é de mostrar a língua para Eliane. Mas também sei fingir um sorriso. Devolvo o dela. Não vou envenenar sua comida. Mas tenho de dar um jeito de me livrar dela. Ainda não sei como.

Essa mulher é esperta, mais esperta do que eu pensava. Está tentando me envolver. Sabe que assim vai agradar meu pai.

— Como está indo sua aula de pintura, Márika?

— Por enquanto só faço desenhos. Copio uns objetos.

— Não quer me mostrar? — ela me pergunta.

— Não.

Por que eu iria partilhar com ela a coisa que no momento é a mais importante na minha vida?

— A Márika faz o maior mistério desses desenhos. Não mostrou nem para mim — o Márek tenta contemporizar.

— Ainda não estão bons — eu digo. Não é hora de criar um clima entre nós.

— Ah, eu entendo — ela sabe que deve encerrar o assunto.

— Você fez aquela sobremesa, não foi? — meu pai pergunta.

— Sobremesa? — não me lembrava de ter feito nada.

— O pudim! Vi na cozinha... — ele diz.

— Vou buscar...

Também sei ser esperta. Fui logo pegar na cozinha aquele bolo mole de leite condensado. Não é que a Margô tinha feito aquilo outra vez? E o Márek pensava mesmo que eu tinha feito? Ou, em vez de bobo, estava também bancando o esperto?

— Não está lindo? — me dirigi à Eliane, com um sorriso ainda mais falso.

— Uma beleza! — ela disse. E parecia estar salivando.

20

Mulheres juntas, como diz meu pai, é sempre uma reunião de comadres. Nunca me sinto à vontade num bando de mulheres. É muito mais fácil uma conversa individual para mim, no máximo a três. Mas, naquele recreio, me vi num grupo de cinco. Contando comigo.

Foi, mais uma vez, a Patrícia quem chegou perto e acabei dividindo o banco com as outras. A Pat tinha ficado sabendo das minhas aulas com o Juca e perguntou se eu estava gostando. Então, a Lia se interessou.

— Se você quiser fazer, conversa com ele — eu disse.

Sempre achei a Rô meio desagradável. Nesse dia, se tornou insuportável.

— Não sei que graça vocês acham naquele boiola! — ela soltou o comentário, tão fora de propósito.

Agora eu conheço as palavras muito melhor. Falar assim do Juca era quase me ofender, muito parecido com o que o Luís Antônio e o Ronaldo já tinham feito comigo.

— Não fala assim dele! — Tive vontade de bater naquela menina.

Ao mesmo tempo, a Patrícia e a Lídia protestavam contra o preconceito da Roberta.

— Eu, hein, Rosa?

A Rô falou assim para mim e se levantou.

— Melhor eu ir andando... — ela disse e se afastou.

Não entendi por que me chamou de Rosa. Mas percebi que ficou com medo de mim. E por isso se levantou do banco.

— A Rô tem umas coisas... — disse a Lia.

— Tem é uma cabeça muito ruim — eu falei.

Me lembrei dos apelidos que alguns meninos davam a ela. Galinha, cadelinha. Nomes que eu achava horríveis, que ela não merecia. Mas ela dava um tratamento semelhante para os outros.

— Não liga — falou a Patrícia.

— Não gosto de certas palavras — eu disse.

— Ela ainda está meio chateada por causa do tranco que você deu nela no último jogo de handebol — a Pat veio com essa explicação esquisita.

— Mas que tranco? — Eu nem me lembrava do que poderia ter acontecido, talvez um momento mais disputado da partida. — O que tem o jogo de handebol com o Juca? — eu quis saber.

— Nada — a Lídia interveio. — Só um pretexto para a Rô implicar com você. E ela não gosta do Juca.

— O Juca não é do tipo que agrada à Rô. Ela dá tanta importância à aparência física das pessoas — a Lia tentou explicar.

Entendi que ela não gostava de Juca nem de mim. Só que não preciso que ela goste de mim. Que garota fútil!

Devo reconhecer a diplomacia da Lídia. Não gosto muito da aparência dela, provavelmente ela não gosta da minha. Mas, por várias vezes, ela se mostrou uma pessoa inteligente.

— Estou impressionada com você, Márika — ela disse isso, sorrindo para mim.

Eu, que não me chamo Rosa, fiquei mais uma vez sem entender.

— Você não é mais a mesma! — ela continuou me intrigando.

— Como não sou a mesma?

— Você está falando tão bem português. É como se fosse uma de nós.

— É mesmo! — concordou a Pat.

E a Lia também sorriu para mim.

Uma delas? Eu sabia que não era, exatamente. Mas minha raiva da Roberta passou na hora. Entendi que, do ano passado para este, eu tinha mudado e superado a barreira da língua, mesmo sem entender completamente algumas situações. O que significava que eu já era menos estrangeira.

21

— Eu, hein, Rosa?

Repeti a frase, baixinho, tentando imaginar quem seria essa Rosa. Bom, a Eliane poderia me explicar. Afinal, era professora de Português, além de brasileira.

No fundo, me sentia incrivelmente satisfeita por não precisar mais das aulas dela. O Márek, infelizmente, sim. Apesar do trabalho na cervejaria, tinha suas dificuldades com a língua. E o português que ouvia e tinha de falar no trabalho devia ser muito mais limitado do que o que eu uso na escola. Afinal tenho de ler, escrever, falar e até pensar nessa língua, enquanto aprendo coisas. No mesmo nível dos outros alunos.

Mas meu pai precisava daquelas aulas. E da companhia daquela mulher. Certas noites, ele chegava mais tarde. Eu imaginava que estivesse com a Eliane. Se fosse mesmo verdade, pelo menos respeitava meu pedido. Ela nunca dormiu lá em casa. E ela era a grande ponte dele com o Brasil. Eles se entendiam. Ela, quando jantava conosco, já fazia o café só para ela.

Será que eu tinha de ser tão diplomática quanto a Lídia? Conviver, conversar com ela? Nesse sentido, fazer com que ela me explicasse o que eu ainda não entendo era até uma espécie de trégua. Mas ela tinha de saber, com clareza, que eu não era sua amiga. E o Márek também. Tinha de saber que a Eliane nunca seria minha amiga.

Que situação! Eu tendo de esconder de meu pai as novidades de Praga. Eu não queria vê-lo de novo no escuro do seu escritório, mudo, ouvindo as músicas mais tristes do mundo. Por outro lado, a presença da Eliane o distraía. Tenho certeza de que ele não consegue amá-la. Mas se torna cada dia mais gentil com ela. E eu receio pelos projetos dela. Principalmente quando penso na Rita e no Vlad. E imagino uma outra Sofia na minha vida, aliás, dentro de minha casa.

Droga! O pior é ter esse segredo, eu saber e ele não. Mas o que eu vou fazer? Não posso comentar com ninguém. Mesmo se escrevesse para Vera, não sinto que ela possa me ajudar.

— E aí, Márika?

Era o Renato, me surpreendendo na saída da escola.

— Preocupada com alguma coisa?

E agora, o que eu falo para ele? Então, minha cabeça começa a andar para trás.

— Você pode me explicar uma coisa?

— Claro! Qual a dúvida?

— O que as pessoas querem dizer exatamente quando perguntam: Eu, hein, Rosa?

Ele começou a rir. Acho que fiquei vermelha.

— Nossa, sabe que é difícil explicar?

Fiquei esperando, olhando para ele. Renato parecia pensar. Ficou mais sério.

— Quem foi essa Rosa? — acabei perguntando.

— Ninguém, ninguém especial. A gente pergunta isso, quando... quando se sente envolvido em alguma coisa que não deveria ter nada a ver com a gente... deu para entender?

Ri e falei, em seguida:

— Eu, hein, Rosa?

Ele caiu na risada.

22

Parece que não tem jeito de escapar das comadres. Desde o dia em que decidiram que eu era uma delas, por causa dos meus progressos com a língua, as garotas da sala têm me dado mais atenção. Desconfio que conta também o interesse em me ter no time de handebol delas. E aí, aconteceu aquela conversa sobre horóscopo. Perguntaram meu signo. Entreguei que era do último dia de Touro.

— Então fazemos aniversário no mesmo dia! — disse a Lídia.

O fato até que era conveniente. De alguma forma, minha distância com alguém do grupo diminuía. Tínhamos certa coisa em comum, o dia do aniversário, o que não impedia que fôssemos completamente diferentes. Aliás, a Tatiana observou isso.

— Deve ser porque o céu é diferente lá onde ela nasceu — disse a Patrícia.

— Diferente como? — a Táti não entendia.

— Claro, no hemisfério Norte, são outras estrelas que são visíveis no céu — foi a vez de a Lídia explicar.

Realmente, eu nunca tinha visto antes o Cruzeiro do Sul, mas não entendo por que o desenho das estrelas no céu me faz diferente da Lídia. Elas se esqueciam que eu nasci na Europa, na República Tcheca, onde há invernos e verões, outonos e primaveras. Toda a história de meu país e de minha cidade era outra. E tinha a minha família e a minha própria história. Mesmo que os dois bebês tivessem nascido de forma igual e fossem do mesmo sexo. E, depois, ninguém nunca é igual ao outro. Nem os irmãos gêmeos, o Chico e o Edu. Eles só se parecem por fora. O Francisco é mais atirado, mais insolente. O Eduardo é quase tímido.

— Gente, o aniversário das duas está chegando! — a Pat gritou.

Eu não tinha o menor interesse em ter meu aniversário anunciado, mas eu mesma tinha deixado escapulir. Tomara que esqueçam, quando chegar o dia, pensei, na maior torcida. Mas sabia que uma pessoa não iria esquecer. A Lídia, claro.

Pois não é que ela veio me convidar para a festa dela? Seria no sábado, no dia seguinte ao de nossos nascimentos. Assim, segundo ela, a festa não atrapalharia minha própria comemoração. Convites, não se recusam. Confirmei que estaria presente.

Também pensei no Márek, ele ficaria feliz ao saber que pela primeira vez eu entraria na casa de uma colega brasileira. E realmente ele achou aquilo mais importante do que eu tinha achado. Fiquei feliz por vê-lo feliz por minha causa.

No meu aniversário, meu pai preparou para mim um jantar tcheco. Colocou flores na mesa. E o melhor de tudo: não tínhamos convidados. Nem a Eliane, como eu temia. Ou a família do Vlad, principalmente por causa da Sofia.

Brindamos com vinho. O vinho fazia o rosto de meu pai mais vermelho. Até esperei que ele fosse cantar alguma canção da Boêmia. Não chegou a tanto. Na hora da sobremesa, em meio à alegria, senti o coração apertado. Percebendo o momento cheio de felicidade para ele, pensei naquilo que eu escondia dele.

E decidi que nenhuma sombra ia sair do meu coração na noite do meu aniversário. Se houvesse como, eu seria até capaz de dançar.

23

No meu aniversário, além da Lídia, alguém mais tinha se lembrado na escola. Acho que ela escuta nossas conversas pelos corredores ou no recreio. Aquela mulher, a Margarida. Aquela que eu supunha ser muito mais velha do que é. O Miguel a conhece bem. Tinha me dito o que eu não vi. Ela já tem a pele enrugada e maltratada. Não pinta os cabelos grisalhos. Mas não deve ser mais velha que a minha mãe. E, na minha cabeça, eu tentando inventar explicações para as diferenças entre ela e a Margô. Claro que a Margô é bem mais nova e vaidosa. A Margarida talvez tenha a cara e o corpo de quem não disfarça as marcas da vida. Só isso. Talvez eu mesma, quando chegar a época, seja como ela. Não me interessam as estratégias da professora de Inglês, inventando uma juventude e uma beleza que não me convencem. E que devem custar muito esforço e dinheiro.

Eu me refreei na vontade de censurar a Margarida por ter bisbilhotado minha vida. Porque ela tinha um abraço para mim e um presente. Um simples vaso de violetas. Mas as violetas eram de um azul-escuro muito raro.

— Parecem com você — ela disse.

Entendi que eu devo ser simples e rara, sou do outro lado do mundo, mas sou uma mulher sem disfarces. Mais ou menos como ela, que tem o nome de uma flor tão comum nos jardins mais despretensiosos.

A Margô foi outra pessoa importante no meu aniversário. Pois saímos juntas à tarde. Ela ia me ajudar a comprar uma roupa para o dia seguinte, para a festa da Lídia. No começo, quis me convencer a ir a um *shopping center*. Mas preferi ir ao centro da cidade. Ela estranhou que eu quisesse comprar algo especial nas mesmas lojas que ela frequentava. Só faltou me dizer que eu não poderia me vestir como uma empregada.

Acabou me levando para uma loja que vendia as marcas encontradas no *shopping*, mas que eram mais baratas só porque estávamos no centro. Fui direto nas calças compridas. Ela me impediu e me fez comprar um vestido. Meio curto, mas discreto. Azul-escuro. Até parecia as violetas da Margarida.

Só em casa, me lembrei do presente. Poderia ter trazido do centro.

— Acho que vou levar flores — disse à Margô.

— Por que não leva um presente da sua terra? — ela sugeriu.

Não atinei com o que poderia ser. Margô ficou procurando pela casa. Até que apontou para as bonecas, aquelas que se encaixam uma dentro da outra. Mesmo que eu não gostasse delas, não poderia me desfazer do presente do Vlad. E as pessoas por aqui acham que essas bonecas são russas.

Eu mesma descobri o peso de papel. É de cristal e os cristais tchecos têm sua fama. Margô me ajudou com o embrulho. Era um cristal branco e bem transparente. Lembrava as bolas que as videntes gostam de usar nas suas adivinhações. Se ela, Lídia, gosta de astrologia, talvez goste da bola, ainda pensei. Era uma bela peça de cristal da minha terra.

24

A casa dos avós de Lídia tinha um certo caráter. E alguma idade também, revestida de pedra pelo lado externo e dentro de um jardim. Por dentro, me lembrou um museu. As paredes cobertas de quadros, com suas molduras pesadas e uma grande e curiosa tapeçaria. O avô, que me recebeu, era um homem simpático, pequenino, e disse que ia me levar até minhas colegas.

Na verdade, além de mim, a única colega era a Lia. A outra era a irmã dela, Raquel. Fiquei aliviada por não topar com a Roberta, mas estranhei a ausência da Tatiana e da Patrícia. Nenhum dos garotos estava lá, apesar da multidão de estranhos.

Perguntei à Lia quando os outros iriam chegar e fiquei sabendo que éramos as únicas convidadas da escola.

— Você tem prestígio com a Lídia — ela comentou.

Eu não esperava tanto. Por isso cumprimentei com mais alegria a dona da festa, assim que ela veio até nós. Antes de abrir meu presente, ela assobiou.

— Que minissaia, menina! Você devia mostrar mais essas pernas...

Fiquei meio embaraçada. A Lia elogiou meu presente e a Lídia brincou que iria ler nosso futuro naquela bola de cristal. Quem fez uma cara de desprezo para o cristal foi a Raquel. Aquilo não dizia nada para ela. E os olhares da menina para mim não disfarçavam o quanto me achava esquisita. Fiquei imaginando que minha saia talvez estivesse muito curta.

Aliás, aquelas irmãs eram muito parecidas. Mas, ainda mais que os gêmeos, era óbvio como uma era água e a outra era vinho. A Raquel era muito satisfeita com a própria imagem e muito à vontade diante dos olhares masculinos. Dava para perceber que, embora mais nova, era ela quem ditava aquela aparência tão semelhante. Lia se mostrava intimidada entre os estranhos e, com certeza, aquela roupa na moda, o laranja estridente ao lado do verde fluorescente da Raquel, não representava sua própria pele.

O único momento em que a irmã se dignou a conversar comigo foi para falar do nado sincronizado que as duas praticavam juntas. E vi nela um entusiasmo muito maior que o da minha colega sobre aquela espécie de balé aquático. Tive certeza de que era por causa da outra que a Lia perdia seu tempo com um esporte tão ridículo. E, silenciosamente, me cumprimentei por não ter tido irmãos, até aquele momento...

Na primeira oportunidade, a Raquel se livrou de nós. Lia se lembrou de meu aniversário e me cumprimentou, se desculpando por ter esquecido de fazer isso na véspera. Mas para mim já valia ela ter se lembrado naquele momento. Eu a olhava e tinha vontade de lavar seu rosto, para limpá-la de toda aquela maquiagem. E imaginava que, ao olhar para minha boca, ela talvez quisesse pintá-la com o batom que eu não usava.

Mais tarde, apareceu um primo da Lídia. Lia disse que era um vizinho dela e que ele tocava órgão. Imaginei um órgão de igreja, mas ele disse que ela estava enganada. Antigamente, tocava um órgão eletrônico. Mas agora se dedicava ao piano. Ao saber que eu era tcheca, começou a falar de um compositor de "meu" país, Chopin.

— Chopin era polonês — corrigi.

— Ah, claro, me desculpe. Mas Mozart era tcheco.

Dessa vez quase acertou. Apesar de Mozart ter andado por Praga e ser venerado em nosso país, expliquei que era austríaco.

— Quem então é um compositor famoso em sua terra? — a Lia perguntou.

— Smetana — respondi prontamente.

Mas o nome de nosso músico não dizia nada nem a ela nem ao rapaz.

— Dvorak — tentei outro.

Também não conheciam. Fiquei desapontada, mas o Arnaldo melhorou a situação, dizendo ter conhecimento da Filarmônica de Praga. Então, pude falar do Rudolfinum, a bela sede da orquestra, que tem esse nome em homenagem a um príncipe chamado Rudolf. E uma das salas mais suntuosas leva justamente o nome de Dvorak. Entusiasmada, falei do café que existe no prédio, com um lindo teto de cristal.

Então, a Lia me surpreendeu. Ela nunca tinha lido, mas sabia que Franz Kafka era um escritor tcheco. Fiquei contente, porque é um dos favoritos de meu pai.

Quando voltei para casa (o pai de Lia me deu uma carona), Márek me esperava, interessado em saber como tinha sido minha noite.

25

Meu pai. Às vezes penso que ele podia reparar mais em mim. Comentávamos da festa, mas ele não percebeu que eu usava um vestido. Lembro como o tal Arnaldo na maior parte do tempo tinha os olhos sobre minhas pernas. Várias vezes puxei a saia para baixo, lamentando estar usando algo tão curto. Mas o Márek não viu meu vestido. Não sei o que incomodava mais. Se o jeito de o rapaz me olhar ou o modo de o meu pai não me perceber.

"Você é tudo que eu tenho", eu pensava. Mas talvez eu não seja mais tudo o que ele tem. O meu ciúme da Eliane, ele percebia, por isso já não a convidava tanto. E, fora de casa, devia encontrá-la. Talvez isso reforce sua vontade de que eu me integre na escola e com as pessoas deste país. Ele cuidava de mim, me poupando do convívio com a professora particular, aliás, atendendo a um pedido meu. Queria me ver feliz, com amigos. Mas era cego para certos detalhes da minha vida.

Foi difícil dormir naquela noite. Não só por estar excitada com a festa. A conversa com meu pai também produzia seus efeitos. Minha mente passeava por dois pensamentos. Algo que eu compreendia do presente e cenas do passado que insistiam em vir à tona. Entre esses pensamentos, uma sensação de medo. O quarto no escuro realçava minha solidão.

O interesse de meu pai na minha adaptação ao Brasil, eu refletia, significava que tão cedo não voltaríamos ao nosso país. Nem mesmo nas férias. Certamente, o filho de Jiri e Ludmilla seria uma razão a mais para Márek detestar Praga. Então, eu pensava no meu tio, que Márek sempre protegeu, porque Jiri era caçula e os dois perderam muito cedo os meus avós. Márek quis fazer do irmão também um mestre-cervejeiro, mas meu tio tem a tendência a se alcoolizar, é fraco para beber. As cervejarias não eram um local apropriado para ele. Jiri queria ser um artista plástico, mas era muito inconstante. Sua habilidade o transformou num carpinteiro. Sempre foi mais bonito que meu pai. A beleza deve ter contado. O jeito inconstante, tão diferente do temperamento metódico de meu pai, também contribuiu para conquistar minha mãe. Ludmilla era meio rebelde à rotina. Mas, com certeza, Márek ficou daquele jeito por causa de Jiri. Tinha de ser o certinho, para tomar conta do irmão. Depois, vieram o casamento e o meu nascimento. Márek gostaria de ser músico. Aprendeu violino, conhecia outros instrumentos. Talvez sonhasse com um lugar na Filarmônica. Mas sua alma de artista ficou presa. Os detalhes da fabricação de uma boa cerveja se tornaram sua arte.

Meu pai mudou sua vida por causa das pessoas que amou. E duas delas o traíram. Só eu continuo com ele. Minha mãe não lutou para ficar comigo. Percebeu que eu tinha feito minha escolha. Márek sempre foi mais generoso e não merecia que sua bondade fosse tão pouco percebida.

Por causa disso eu estou aqui. Com o peito apertado dentro desta noite escura. Sem poder sentir saudades de casa. Sei que eu sou uma aluna de Márek, tão aplicada quanto ele.

Do mesmo jeito que ele se dedica ao seu trabalho, e é um dos melhores que existem no ramo, as pessoas sempre dizem isso, me dedico a aprender essa língua e esse país.

Numa das aulas de História, há algum tempo, fiquei impressionada com o tema da imigração. Os portugueses chegaram aqui como donos. Trouxeram os escravos da África, apertados como gado em navios, sem condições de higiene. Muitos morriam e eram jogados ao mar. Aqui, as famílias eram separadas e os indivíduos comprados, mercadoria para um trabalho braçal e extenuante. Os negros, contudo, resistiram, pela grande força. Mais tarde, também de navio, vieram os europeus, sobretudo os italianos. Sofreram bastante, mas pelo menos eram livres. Vieram poloneses, ucranianos, mas os tchecos não davam as caras por aqui. Os alemães foram perseguidos durante a Segunda Guerra. Os japoneses também. Mas seus descendentes se adaptaram.

Nós viemos de avião. Eu me lembro do aeroporto de Frankfurt, de onde embarcamos para cá. Meu pai quase nada sabia do Brasil. Respondeu a um anúncio de jornal, depois fez uma entrevista. Achou a América do Sul suficientemente longe da Europa central e um certo dia atravessamos o oceano. Eu, meio enjoada, ele tentando me animar. Lembro de ter finalmente adormecido, de mãos dadas com Márek. Quando acordei, o avião estava pousando.

Da viagem, além da longa espera naquele aeroporto da Alemanha, guardo uma sensação desagradável. Meu olhar pela janela sobre aquele mar escuro. O medo de constatar que não havia nenhum chão abaixo de mim.

Esse mar escuro que agora invade meu quarto. Não vou acender a luz, não vou. A escuridão não me amedronta tanto. Debaixo da minha cama tem chão. O chão de um país pisado por muitos outros imigrantes antes de mim. Seus filhos se adaptaram. E eu percebo que minha cabeça está conversando comigo em português.

26

O Juca. Ele está servindo de modelo para que eu o desenhe. Trabalho com o lápis em seus cabelos. Ele tem cachos escuros. Acho bonitos esses cabelos. Juca deve ter a mistura de muitas raças. Tem traços negros, outros de europeu, talvez algo de índio.

Começo a reforçar seu rosto. É anguloso, magro, magro como o resto do corpo. Esse corpo ágil, nervoso, mas que não pode aparecer num desenho, porque está estático. Mas o olhar dele transmite essa agitação. Ainda não trabalho com cor, só uso um lápis preto e duro. Portanto, o papel não vai receber a cor dos olhos dele. Ele tem olhos de uma coloração muito estranha. Não chega a ser verde. Eu diria que seus olhos são quase amarelos. Como os de certos felinos. Com o canto da boca, parece me sorrir.

Juca tem um jeito delicado. Por isso cochicham aquelas coisas dele. Não me interessa saber o que ele faz, longe de mim, nem que tipo de pessoas ele possa amar. Respeito seus mistérios. Ele também respeita os meus. Nunca perguntou o que vim fazer neste país. Mas, caso se mostre interessado algum dia, provavelmente lhe contarei. É suficientemente delicado para entender as razões das pessoas que se movem por sentimentos.

Com certeza me acha muito nova, para contar detalhes de sua vida. Mas essa boca que quase me sorri, como a Mona Lisa, tem à sua volta uma linha triste. É claro que ele sofre e o rosto mostra isso. Talvez não seja apenas por trás que digam coisas como as que ouvi da boca da Roberta. Quando a pessoa tem um corpo tão frágil quanto o dele, certas pessoas se animam a dizer alto seus pensamentos inconvenientes.

O pescoço é muito fino, como todo o seu corpo. Faltam carne e músculos nessa magreza. O corpo de Juca não está na moda. O de Rodrigo, o professor de Educação Física, é o modelo para os garotos. E também o que as meninas admiram. Pois eu prefiro essa magreza, esses ossos tão salientes, que eu desenho com carinho.

Sei que é comum alunas que se apaixonam pelos professores. Existe mesmo na escola um professor de Ciências que divide com o Rodrigo os suspiros das meninas. Não estou ficando apaixonada pelo Juca. Mas ele é o outro homem que admiro, além do Márek.

Tenho de gostar dele, de admirá-lo. Ele me trouxe para esta sala. Por causa dele, estou vivendo este momento. Tentando trazer para o papel uma pessoa, percebendo que seu rosto tem de expressar o seu mistério.

Volto para os olhos. Tenho de ressaltá-los. Os olhos amarelos, que não posso colorir, têm de mostrar a beleza do Juca. Já que ele não faz nenhum gesto, não move essas mãos de movimentos mágicos, capazes de criar tanta coisa que me impressiona.

Tenho de conseguir. Pôr no papel um pouco da beleza do Juca. Ela tem de jorrar dos olhos dele. Pois para mim há uma beleza muito grande em quem se dispõe a ser essa estátua, imóvel por tanto tempo, só para que eu possa aprender a me transformar numa artista.

Este desenho vou querer guardar comigo para sempre.

27

O fim do semestre é tempo de provas, uma atrás da outra. Meu maior esforço, claro, é com as provas da Ester. Mas, para minha surpresa, vários alunos ultimamente têm tirado notas abaixo das minhas em Português. O Francisco até brincou que iria querer colar de mim nessa prova. Eduardo olhou para ele, preocupado, achando que eu fosse me zangar. Peguei mesmo fama de brava. Mas certas brincadeiras, eu entendo. No fundo, havia um elogio no modo que o Chico arrumou para fazer uma graça.

No meio das provas, a turma fala das férias. Férias que não devo tirar. O Márek só pode deixar o trabalho uma vez por ano. Assim, só no verão iremos à Amazônia. Conversava sobre isso com os gêmeos e o Miguel. Foi quando descobri que nenhum dos três conhecia nem a floresta nem o rio. Que, antes, eram tudo que eu ouvia dizer do Brasil.

— Acho que ninguém da sala conhece — disse o Edu.

— Não é possível — eu duvidei.

— Pior é que deve ser verdade — confirmou o Miguel.

— Vocês vão a Miami e não conhecem a Amazônia? — perguntei.

O Chico explicou que era mais fácil e mais barato viajar para os Estados Unidos, questão de tarifas aéreas. Eu não entendi por que, mas eles também não entendiam. Só sabiam que era assim.

A última prova que fizemos foi de Geografia. A matéria não me preocupa, tenho facilidade e interesse pelas coisas deste planeta. A professora, que tinha mudado (a antiga era a Maria Alzira), tem um nome russo, Nina. Mas só o nome, assim como a Tatiana. Alguns nomes eslavos são comuns no Brasil. Mesmo o de minha mãe. Acho que os russos provocam essa curiosidade. Há muitos meninos chamados Igor ou Ivan. Uma parte dos brasileiros mais velhos admirava o comunismo. Quanto às nossas coisas, tchecas, por quase nada se interessam, confirmo a minha primeira impressão. Os mais velhos se lembram de uma antiga tenista, que se naturalizou norte-americana. Mas fiquei sabendo que houve aqui um presidente descendente de tchecos, de nome Kubitschek, a quem preferem chamar JK.

Então, eu, o Márek ou o Vlad não fomos os primeiros. E um descendente nosso chegou a ser presidente, e parece que alterou a história do país. Ele fez construir Brasília e levou a capital para o interior, fazendo com que o Brasil deixasse de girar apenas em torno do litoral.

Depois daquela prova, voltei para casa. O que fazer da minha vida? Nem as aulas com o Juca teria. Decidi que iria praticar sozinha, desenhar o mais que eu pudesse. Nas minhas aulas de pintura, ainda não tinha começado a pintar. Ele insistia para que eu criasse uma base como desenhista. Eu gostava de desenhar, não me importava. E adiava o prazer de ter minhas próprias tintas e pincéis.

Decidi também que ia ler, me preparar para as férias do verão. Começar a conhecer melhor as coisas amazônicas. Afinal, logo ia chegar o dia de ver com os meus olhos aquele Brasil que nem meus colegas conheciam.

28

Entre as coisas boas que Márek me ensinou, uma é cozinhar para as pessoas em homenagem a elas. Reluto em fazer isso para a Eliane, mas decidi, logo que entramos em férias, agradecer à Lídia o convite que me tinha feito. E, numa tarde, chamei a ela e à Lia para virem em casa. Preparei para elas o *palacinky*, minha especialidade. Como panquecas são igualmente apreciadas por aqui, minhas colegas gostaram bastante.

E, afinal, eu seria a única das três que viajaria em julho. Márek tinha me anunciado a surpresa: um convite de Vlad para conhecer, com o pessoal dele, uma cidade chamada Recife. Pensei um pouco, achei que dava para encarar a Sofia, e aceitei. Sabia que Recife era uma cidade historicamente importante, com igrejas e conventos barrocos. O fato de ter gostado de Ouro Preto me deu vontade de visitar essa outra cidade. E, já que estava no Brasil, não podia desperdiçar a chance de conhecer mais uma parte do país.

Minhas colegas disseram que me invejavam, pois mesmo em julho eu poderia ir à praia. Foi quando me dei conta de que Recife fica à beira-mar. Anotei mentalmente que teria de levar uma roupa de banho. Mostrei a elas, mais por causa da Lia, alguns livros de Kafka, da estante de meu pai. As duas estranharam a língua e certos sinais que nós usamos para escrever, que não existem em português.

Se tivessem se mostrado interessadas, eu poderia ter mostrado alguns cartazes e fotos de minha cidade, mas, depois que começaram a comer, se esqueceram de mim e parecia que queriam pôr em dia alguns assuntos que só diziam respeito a elas duas.

Falaram o resto da tarde dos namorados. A Lídia preocupada com o Mark, lá em Miami. Ela se lamentava tanto de não poder viajar para encontrá-lo. Tinha medo de que ele a esquecesse e a trocasse por uma garota da cidade. Eu, sem falar, pensava que era muito provável isso acontecer. Afinal, eles estavam longe demais um do outro.

Já a Lia estava na maior ansiedade. O namorado dela, o André, tinha decidido vir até aqui, apenas para conhecê-la. Pelo menos vivem no mesmo país, eu refletia. Tinham mais chance para continuarem juntos.

— Não sei como vai ser — ela dizia para Lídia. — Pessoalmente, não vou me sentir tão à vontade com ele.

— Mas, com tantas cartas e o correio eletrônico, vocês até se conhecem bastante bem — retrucava a Lídia.

— Sabe que mesmo por telefone eu fico tímida? — era a Lia. — Fica sempre uma conversa meio formal entre a gente.

— Mas bem que você gosta de ouvir a voz dele — dizia Lídia.

Eu só ouvindo e assistindo, as duas no maior papo na mesa de minha casa.

— É, gosto, claro. Ele tem uma voz bonita. Mas não consigo ficar à vontade, do jeito que eu gostaria.

— Ele é tão formal assim?

— Até que não, mas não consigo entrar no clima dele. Não sei por que, acho que sempre tem alguém lá em casa ouvindo o que eu falo.

— Por quê, sua mãe ou a Raquel pegam a extensão?

— Não, também não é assim, puxa! Mas me dá a impressão de que ficam com a orelha em pé, querendo pescar alguma coisa da minha conversa.

— Bom, mas vocês vão se ver, finalmente.

— É, acho que vou ter a maior tremedeira na hora.

Talvez porque tivessem mencionado a palavra hora, decidiram que era hora de me deixar. Despediram-se com elogios. Lídia disse que tudo foi muito simpático. Lia falou que tinha adorado as panquecas.

E eu fiquei com pratos, panela, talheres para lavar. Não era dia da Margô. Eu tinha marcado de propósito, para ficar mais à vontade com minhas colegas. Que, aliás, ficaram muito à vontade entre elas.

Ainda combinaram um próximo encontro na casa da Lídia. Disseram ser uma pena que eu não pudesse ir, já que estaria viajando.

29

De novo, no avião, mas agora uma viagem de dia. Na poltrona do meio, entre a Sofia e o Vladinho, via pela janela apenas umas nesgas de céu. O tempo estava bom, via muito azul, quando não entrávamos em alguma nuvem. Sofia dormia. Aprendi com o Vladinho a fazer palavras cruzadas em português. Ele deve ter me achado uma burra, pois era muito melhor que eu. Mas os problemas propostos eram muito estranhos para mim. Apareciam sempre nomes de atores ou de personagens da tevê. A maioria eu desconheço.

Recife é uma grande cidade, cheia de prédios altos e modernos, além de um trânsito caótico e barulhento. As buzinas me assustavam. Não vi, no início, nenhuma igreja, nenhuma construção histórica. Rita e Sofia só queriam saber de praia. Vlad não gostava de que ficássemos na piscina do hotel. Havia muitos alemães mais velhos, acompanhados de moças pernambucanas. Rita me disse que eram prostitutas, que aqueles alemães só vinham a Pernambuco atrás delas. Achava um absurdo que o hotel permitisse a entrada daquelas moças, frequentando o mesmo ambiente que as famílias que se hospedavam ali.

Carne de sol, macaxeira, provei comidas que ainda não conhecia. E a panqueca do lugar, chamada tapioca. Então fomos passear no Recife Antigo, com seus casarões coloridos com cores muito vivas, embora não parecessem tão antigos quanto eu esperava. Mesmo assim gostei desse aspecto da cidade.

No dia seguinte, enquanto Rita e os meninos ficaram na praia, Vlad me levou para ver as construções da época do barroco, sobretudo as igrejas. Aqui, elas tinham azulejos, o que já era diferente das construções de Minas, e também pareciam um pouco mais europeias. Quando fomos a Olinda, uma cidade bem menor, gostei mais. Havia certa subida nas ruas, embora não tão acentuada como em Ouro Preto. E suas igrejas estavam diante do mar, o que para mim era uma novidade.

Sofia detestava esses passeios. Acho que não entrou em nenhuma igreja ou convento. Ela só se interessava pelos *shows* de frevo, quando também se punha a dançar. Estava perto de conseguir imitar aquelas acrobacias dos dançarinos. Achei curioso o modo como dançavam com sombrinhas, mas não ousei experimentar nenhum passo. Rita tentava ensinar ao Vlad, mas ele era muito desajeitado. Senti que eu iria me comportar exatamente como ele, caso tentasse.

Tentei aprender um pouco sobre o lugar. Recife foi ocupada pelos holandeses, e a população, ao mesmo tempo que se orgulha disso, levando em alta conta o Príncipe Maurício de Nassau, comemora a expulsão desses invasores pelos próprios brasileiros, com a participação dos negros e dos índios, além dos descendentes de portugueses. Depois, houve uma guerra entre os habitantes de Recife e de Olinda. Recife ganhou, tornou-se a capital, num lugar bonito entre rios e o mar. A barreira de recifes protegendo a cidade. Mais tarde, vieram os prédios do centro, que depois restauraram e chamam de Recife Antigo. Também vieram todos os prédios altíssimos, avenidas, viadutos de uma cidade moderna. E os pobres, que estão por toda a parte no Brasil e mendigam junto ao turista. E essas moças que cercam os alemães velhos, feios e sozinhos.

Olinda perdeu a guerra, mas consegue conservar muito mais o que teve. Tem ruas inteiras bastante interessantes. Os belos prédios coloniais. Um passado mais íntegro, como Ouro Preto e Praga. Dizem que seu carnaval também guarda tradições e o frevo explode por ali, à sol-

ta. Gostaria de ver um dia, embora não me sinta capaz de me entregar a ele como Sofia. Eu não tenho nenhuma gota de sangue brasileiro.

No avião, na volta, penso que Nassau deve ter amado o Brasil para que os brasileiros até hoje venerem um inimigo. E os pernambucanos se orgulham de ter em sua mistura de raças genes dos Países Baixos. Nunca me senti uma inimiga, mas já admiro mais coisas do Brasil. A tapioca, por exemplo, eu adorei.

30

Ao voltar de férias, a gente leva um certo tempo até se acostumar de novo com o dia a dia. Ainda tive como ficar à toa, esperando o reinício das aulas. O Márek, claro, continuava no ritmo dele e senti a diferença. Eu vinha de uma experiência sem ele, aquela viagem a um lugar desconhecido para meu pai. E vinha, sobretudo, sob o impacto do mar. Tão poucas vezes na vida eu tinha ido à praia. Tive de me proteger do sol, com um bloqueador solar. Aliás, não gosto de tomar sol. Mas era bom caminhar naquela areia macia. As praias que conheço na Europa geralmente têm muito mais pedras que areia. Também estranhei que a água fosse quente, mas me fascinaram a cor do mar e sobretudo seus ruídos.

Turistas tiram fotos. Eu também tirei, mas dos lugares, nunca do mar. Também fiz alguns desenhos. Um retrato do Vladinho, não muito bom, porque ele se mexia muito. O quarto do hotel, tão provisório e desarrumado. E um desenho furtivo, feito da janela. Os hóspedes na piscina. Homens europeus e moças mestiças. Uma delas se parecia tanto com a Sofia. O Vlad não gostava que ficássemos por ali, porque percebeu como os alemães olhavam para a filha dele.

Quando os portugueses vieram para cá, não trouxeram suas mulheres e se deitaram com as índias. Suspeito que os holandeses fizeram a mesma coisa em Pernambuco. Será destino das mulheres daqui se deitarem com os homens que vêm de fora? Eu não entendo isso, não entendo a sensualidade das meninas dançando ou simplesmente caminhando na praia. Na praia também senti os olhos dos homens sobre mim e alguns me incomodavam. Eu não estava me oferecendo a ninguém. Não me olhavam nos olhos, mas sentia meu corpo vasculhado, das pernas aos seios.

A Margô me achou bonita, disse que eu estava ótima, bronzeada daquele jeito. Mas não é minha cor e em breve vou voltar ao normal. Margô também disse que o Márek tinha ficado meio triste e que, com certeza, sentiu minha falta. Tive vontade de perguntar a ela se a Eliane tinha se aproveitado da minha ausência e se metido lá em casa. Não perguntei. Imaginei que não precisava. Era da natureza da Margô me contar, por ela mesma, se aquilo tivesse acontecido.

A última tarde sozinha em casa, fiquei desenhando. O quarto vazio de meu pai, a janela aberta sobre os telhados e as janelas da cidade. No que ele pensaria, quando se debruçava sobre aquela paisagem? Depois, seu escritório. Seus livros guardando uma parede. Os discos, a outra. O mundo de meu pai, cenário de seus pensamentos, lembranças, planos para a vida.

No meu quarto, que não precisava desenhar, coloquei objetos novos. Conchas pequenas, que eu mesma retirei da areia. E uma outra, grande, que comprei de uma mulher na praia. Algum mergulhador deve tê-la apanhado. É grande, tem uma cor rosada, e, se nela encosto a orelha, sinto um barulho parecido com um dos ruídos do mar.

31

— Marocas, como você está queimadinha! Quem me falou desse jeito foi o Chico, assim que pisei na escola. Queimadinha era uma forma de se referir ao meu bronzeado. Tinha ouvido a Rita usar o termo lá em Pernambuco e aprendi que tem outro sentido. Não, ele não queria dizer que

minha pele estava danificada! Mas, Marocas? Uma brincadeira com meu nome? Algo a ver com Marrocos? De novo, por causa da cor? Eu me transformara numa árabe, numa beduína?

Não deu para entender, pois logo a Tatiana veio dizer que agora eu estava mais parecida com ela. Eu sabia que era um exagero, mas talvez, aos olhos de meus colegas, nunca estive tão pouco parecida comigo mesma. Afinal, eu era a única pessoa ali que tinha se bronzeado de verdade, e num mês de julho. Parecia que todos desejavam ter estado na praia, tomando sol.

A Lídia me sorriu de um jeito estranho e disse que tinha uma coisa para me contar, no intervalo. Era uma aula do Prudente e juro que preferia começar com algo mais ameno, talvez a Geografia da Nina. Ou mesmo a Matemática do Rocha, porque viria mais leve, diluída nas suas brincadeiras.

Só pude estar com a Lídia na aula de Educação Física, que, aliás, estava muito chata. Fazia frio e a Valdete veio com aquela mania de alongamento. Mais preguiçosa do que eu, surpreendentemente, estava a Lia. Logo ela, tão flexível, acrobata do nado sincronizado. Quando a professora veio lhe pedir mais empenho, disse que não estava bem, e pediu para sair da aula. A Valdete liberou, deve ter imaginado que a Lia estivesse menstruada. Cheguei a pensar que poderia fingir que aquilo também estivesse acontecendo comigo, para fugir do alongamento. Mas não tenho essa cara de pau.

No fim da aula, fui perguntar à Lídia o que queria me dizer.

— Lembra do meu primo, o Arnaldo? — ela perguntou.

Demorei alguns segundos, mas me recordei do pianista e da nossa conversa sobre música.

— O que tem ele?

— Me perguntou de você. Mandou um abraço.

Então era isso a razão daquele sorriso de cumplicidade? Agradeci, mas evitei retribuir. Já tinha me esquecido do rapaz.

Logo depois, ela comentou sobre a tristeza da Lia. Fiquei sabendo que não era preguiça nem cólica menstrual a razão de seu desânimo.

— Não deu certo com o namorado — Lídia explicou.

— Ela não gostou dele pessoalmente? — perguntei.

— Parece que não combinaram. De longe, ia tudo tão bem, mas ao vivo a coisa não bateu.

Entendi a desilusão de nossa colega. E pensei que talvez fosse bom para ela deixar de ser tão romântica. A distância nos faz ter fantasias sobre as pessoas, imaginá-las como gostaríamos que fossem. É melhor mergulhar de uma vez na realidade.

32

Se o que a Margô falou, que o Márek tinha ficado triste com a minha ausência, era mesmo verdade, então era para ele estar alegre. Mas algo parecia errado. Eu estava de volta, e sempre contando mais um detalhe de minha viagem. Ora comparando Recife e Olinda, ora descrevendo as comidas ou a loucura do trânsito. Também contei do frevo e das plantações de cana-de-açúcar não muito longe da cidade e ao longo do caminho que a gente percorria para ir até uma praia mais afastada. E observei como os fortes construídos pelos holandeses eram baixos e pareciam disfarçados na paisagem.

Pois notei que boa parte do tempo ele mal me ouvia. Será que tinha ciúme do lugar aonde eu fora sem ele? Ou estranhava meu súbito entusiasmo pelo Brasil? Aquele olhar distante estaria na verdade evocando recordações da nossa Boêmia, quando eu falava de uma praça do Recife ou de um mosteiro de Olinda? Talvez estranhasse a familiaridade com que eu dizia nomes como Guararapes, Carapuceiro ou Mamanguape, sílabas em que sua língua certamente tropeçaria. Minha facilidade com a língua estaria afastando meu pai? Difícil de entender, já que ele sempre incentivou minha integração.

Foi quando atinei que ainda não tinha visto a Eliane uma única vez. Só podia ser essa a razão! Márek e a namorada tinham brigado, assim como a Lia e o André! Na mesma hora, fiquei mais carinhosa com meu pai. E lhe prometi novas sobremesas tchecas. Precisava me lembrar de pedir a Margô para nunca mais preparar aquele pudim de leite condensado. E pedi a ele que me levasse ao cinema na noite seguinte.

— Claro! — ele prometeu. Disse isso sorrindo, mas os olhos continuavam longe.

Mais dia, menos dia, ele acaba esquecendo, pensei. No fundo, estava satisfeita. Sem eu ter precisado agir, Eliane sumia de nossa casa. Mas tinha pena de meu pai. Sabia como a tristeza e a solidão pesavam para ele. Cheguei a pensar que, afinal, aquela namorada não era tão insuportável, pois tinha feito muito bem ao humor de meu pai.

Comecei a fazer mil planos para distraí-lo. Iríamos ver muitos filmes nos cinemas, iríamos a todos os concertos, faríamos curtas viagens nos finais de semana. Convidaríamos mais vezes a família do Vlad. E os colegas da cervejaria, por que não preparávamos um jantar para eles? Nós dois cozinharíamos juntos, prepararíamos o cardápio, sairíamos para escolher e comprar os ingredientes mais adequados.

Eu podia acabar com a tristeza do meu pai! Iríamos conversar bastante em nossa língua. Iria dizer a ele que eu precisava praticar muito, para não me esquecer do tcheco. E iria também lhe falar em português, forçá-lo a dizer palavras como Guararapes ou Jaboatão, até ele perder o sotaque. Se eu pude, por que ele não pode? Muito excitada, fui imaginando um plano atrás de outro.

Eu mesma iria lhe dar aulas de Português! Não precisávamos mais da Eliane. Se Márek gostava de letras de música, eu pegaria com Sofia os CDs de frevo, para que compreendêssemos as palavras. Ou eu mesma sairia à rua e procuraria nas prateleiras das lojas discos de música brasileira para nossas aulas. E iria até satisfazer minha própria curiosidade sobre os tais Chico Buarque e Edu Lobo.

33

— Marocas, você gosta de empadinha?

Agora era o Edu, na cantina, me chamando pelo mesmo nome que o irmão dele tinha inventado, logo que voltaram as aulas.

Respondi que eu não gostava da massa e que preferia coxinha. Nem fiquei intrigada com aquele nome. Não liguei se me inventavam um apelido. Estava era satisfeita comigo, me lembrando que há pouco mais de um ano eu iria me engasgar não com a própria, mas com a pronúncia de "coxinha".

Deixei o menino para lá, porque a Lia tinha entrado, sozinha e com um ar triste. Logo me lembrei do Márek e achei tão parecida a história deles, que senti que devia falar com ela.

Daí a pouco, saímos para o pátio, e eu perguntei a ela. Era a primeira vez, naquela escola, que eu me mostrava interessada pela intimidade de outra menina.

— Afinal, o que não deu certo entre vocês?

Enquanto ouvia minha própria voz, pensava se não era para o meu pai que eu devia estar fazendo a pergunta. Com uma menina, que ainda era quase uma estranha, eu tinha coragem de falar. Jamais poderia ser tão direta com o Márek. Talvez esperasse que ele viesse, espontaneamente, partilhar comigo sua desilusão. Eu que nunca ousei perguntar sobre seus sentimentos em relação a minha mãe.

— Sabe que eu ainda não consigo entender?

— Como assim?

— Ter o André ali em carne e osso, perto de mim, me deixava muito perturbada. Ele era tão especial, principalmente quando a gente se escrevia. A gente parecia se entender tão bem.

Eu me lembrei de como, lá em casa, ela disse que era tímida e que tinha medo de sua timidez. Imaginei que não tinha dado conta.

— Você não conseguiu ficar à vontade, Lia?

— Não, nem ele.

— Mas se ele veio até aqui, por sua causa?

— Acho que era alguma coisa nele que não me deixava ficar à vontade.

— Será que é porque ele não era como você imaginava?

— Ele tinha me mandado fotos e realmente era como eu pensei. É um cara bonito, mas faltou...

— Faltou o quê?

— Acho que faltou foi paixão. Cara a cara, a gente não se sentiu apaixonados.

Disso eu não entendia, paixão. Então fiquei só ouvindo. Lia não me olhava, mas parecia precisar falar. Acho que ela se esforçava para explicar a si mesma aquilo que ainda não tinha conseguido compreender.

— O pior foi o dia em que ele me beijou.

Continuei em silêncio. Ela tinha um ar de quem se esforçava para dizer algo importante.

— Deve ter sentido o mesmo que eu: nada. Foi só um beijo. No outro dia, até esperei que ele me beijasse outra vez. Estava disposta a tentar sentir alguma coisa. Mas ele não se aproximou mais...

Ela fez uma pausa. Eu não sabia o que dizer, ou se tinha de dizer algo. Sem se importar comigo, ela voltou a falar.

— Achei estranho, a princípio, que ele não tentasse de novo. Cheguei a pensar que havia algo errado comigo, que eu não era capaz de agradar a ele. Mas, no fundo, fiquei aliviada. Na verdade, não queria que ele voltasse a me beijar.

— Então não tem por que ficar tão triste — não sei se minha interrupção tinha sido precipitada.

— Eu sei que não estou triste por causa dele, Márika.

Pela primeira vez, ela disse meu nome. Nesse momento, senti que a Lia não falava propriamente com as paredes.

— Sabe por que eu fiquei assim? — me perguntou e me olhou.

— Por quê?

— Porque há um tempão, por meses e meses, achei que estava apaixonada.

— Mas não estava?

— Só na minha cabeça. Quando a coisa aconteceu, vi que não tinha paixão nenhuma de verdade!

O Edu veio falar com a gente e tivemos que encerrar o assunto. Mas parece que a minha colega tinha dito tudo. Apaixonar-se de verdade, por alguém real, não tinha sido possível. O que me soava estranho era uma pessoa tão esquiva como ela ter me dito coisas tão pessoais. Talvez, mesmo sem beijos, a Lia estava mais perto de ser uma mulher.

34

E eu deveria estar mais perto de me tornar uma artista. Pela primeira vez, iria pintar. Juca me disse que, quando eu estivesse mais solta, poderia experimentar à vontade e até esquecer tudo o que ele iria me ensinar. Mas achava que eu tinha de aprender as técnicas básicas. Concordei com ele. Não sou muito de sair experimentando à primeira vista. Achei normal que copiasse os objetos que ele dispôs sobre a mesa, assim meu primeiro trabalho seria uma transição a partir dos desenhos que eu vinha praticando.

Ele me ensinou a preparar a tela, a traçar um desenho sobre ela e a trabalhar o fundo. Manipular os pincéis, preparar as tintas me emocionou. No entanto, logo me senti travada. Não sei se era porque tinha esperado tanto tempo por isso, mas senti a mão amarrada. Minhas pinceladas eram inseguras, eu não me reconhecia nem no uso daquelas cores.

Juca percebeu, veio me mostrar como eu devia fazer, ele mesmo deu umas pinceladas naquele fundo ainda indeciso, e eu senti como sua mão era ao mesmo tempo leve e firme. Tentei imitá-lo, mas sabendo que ainda não ia conseguir. Continuei tentando, às vezes imaginando que pudesse melhorar. Mas, quando parava para examinar o que estava acontecendo, voltava a me decepcionar.

Mas, se eu ia tão bem com o desenho, o que estaria acontecendo? O pincel e as tintas não eram para mim? Ou seria a cor o problema? Eu não saberia o que fazer das cores? Na verdade, eu seria limitada como artista, porque só sei ver as coisas em preto e branco, pensei. Eu jamais teria a ideia de pintar aquelas casas do Recife Antigo com cores tão fortes. Talvez, se dependesse de mim, elas teriam apenas tonalidades cinzentas...

Eu olhava com horror para aquele quadro que eu não conseguia pintar. Chegou um momento em que eu não podia mais. Tive vontade de furar a tela.

— O que foi, Márika? — Juca percebeu que eu estava imóvel, olhando para aquilo de um jeito desesperado.

— Acho que não dou pra isso! — respondi.

— É muito cedo para você dizer isso!

— Seria melhor se você me ensinasse gravura...

— Vou ensinar, se você quiser, mas é melhor tentar mais uma vez. Não seja precipitada.

— Mas hoje não vai dar!

— Se você quiser parar, tudo bem... Podemos voltar ao desenho.

— Queria começar a trabalhar com madeira, fazer uma xilogravura.

— Não, por enquanto não. Faça um desenho pessoal, sem nenhuma cópia. Use a imaginação. Depois a gente tenta passar para a tela.

Mas também fiquei parada diante do papel. Não saía nada de minha mão. Será que eu também era incapaz de imaginar?

— Isso é coisa de artista — ele veio me consolar.

— Não conseguir fazer nada?

— É a angústia da criação.

Juca disse a frase sorrindo, parecia que não me levava a sério.

— Sabe de uma coisa?

Não esperei que ele me respondesse. Peguei um rolo, mergulhei na tinta branca e apaguei a minha primeira tela.

— Valeu a atitude — ele falou.

Tive vontade de brigar com ele. Não fiquei até o fim da aula.

35

Aquele não ia ser o meu dia. Voltei para casa caminhando, queria me acalmar. Já estava no ponto do ônibus, quando decidi não tomá-lo. Eu tinha tempo sobrando, pois saí cedo da aula. Era a primeira vez, sempre acabava me atrasando na saída.

Tentei seguir a pé o trajeto que faria de ônibus, mas comecei a achar aquela rua suja e barulhenta. Tomei uma paralela e, depois de andar algumas quadras, vi uma praça. Senti vontade de ficar ali um pouco. Vi um banco, junto de uma árvore, e me sentei nele.

Era uma hora triste, ia começar a anoitecer. As árvores enchiam a praça de sombras. Em outro banco, dormia um mendigo. Só nós dois estávamos ali. Não era mais hora de crianças brincando. Os namorados iriam demorar a chegar. Um homem sem teto dormia. Eu olhava para ele.

Imaginava que ele nem sabia que eu estava ali, muito menos que o olhava. Comecei a sentir frio, mas não me animava a me levantar. Um gato passou perto, tentei chamá-lo, mas ele fugiu de mim. Por que não ia logo para casa? Por que me deixava ficar ali, sozinha, com frio, enquanto tudo ia ficando mais escuro à minha volta?

Não tinha coragem de ir para casa, para o refúgio de meu quarto, só porque tinha fracassado na tentativa de pintar um quadro. Mas pintar esse quadro era algo que eu esperava há muito, era uma promessa de felicidade. Mas aquilo era um engano. Como a paixão fabricada pela Lia, que não resistiu ao encontro real com quem ela deveria viver essa paixão. Alma de artista? O Juca tinha inventado essa história e eu embarquei nela. Que artista eu seria, se as cores me incomodam?

Sombras. O escuro, era isso que eu esperava, sozinha naquela praça desconhecida. Talvez por isso me sentia tão bem quando me vestia de preto. O escuro ia me cercando, na medida em que o dia perdia a luz.

E houve um momento em que tudo estava tomado de um cinzento muito escuro. Ao longe, o ruído do trânsito na

outra rua. Só os faróis dos carros, muito rapidamente, cintilavam uma claridade fugidia. Ali ninguém me enxergaria. Mesmo aquele homem, caso acordasse. Tudo em preto e branco, muito mais para o preto, à minha volta. Eu não deveria ter pintado a tela de branco, quando desisti. Devia ter pintado de negro.

Com um estremecimento, senti que aquela sensação em que estava mergulhando saía de mim. As lâmpadas da praça se acenderam ao mesmo tempo. E eu queria ir mais fundo no escuro.

Não podia ficar mais ali, retomei o caminho para casa. Havia muita confusão, não só em meus pensamentos, mas também no que eu sentia. Eu me lembrava do mar escuro, sobre o qual voávamos, Márek e eu, fugindo de Praga e de minha mãe. Eu tinha medo de cair e, ao mesmo tempo, agora percebo, me sentia atraída por aquele abismo.

Ao chegar em casa, assim que coloquei a chave na fechadura da porta, ouvi vozes. Quem estaria com meu pai?

Mas quem poderia ser? Eliane, no sofá da sala, ao lado dele. Parecia que eu estava vendo um fantasma. Mas ela me sorriu. Olhou para meu pai e depois para mim. Nos olhos dela, uma expressão que me desconcertou. Seria isso mesmo? Ela parecia ter pena de mim.

36

Fomos jantar os três. Como antigamente. A comida custava a me descer. Márek parecia muito desconcertado. Mas Eliane estava à vontade, tentando achar assunto em que pudéssemos nos meter também, eu e meu pai. Ele estava evitando meu olhar? Parecia que sim. Mas por que ela me fazia essa cara de preocupação? Teria percebido o que se passava dentro de mim?

Deixei que eles tirassem a mesa, aleguei estar muito cansada e me tranquei no quarto. Me arrependia de ter acordado naquele dia. Há muito tempo não vivia nada tão ruim. Havia descoberto coisas de que não gostei. Havia descoberto um lado fraco em mim.

Fraca para pintar. Fraca para prever o futuro. Só porque desejava que Eliane se fosse, tinha imaginado que a vida me dera aquele presente, assim de graça. Ela sumiu uns dias de casa, sem que eu entendesse por quê. Talvez simplesmente estivesse doente. E eu imaginando que podia tomar o lugar dela, sonhando ser eu mesma a nova professora de Português.

Eu não era nenhuma Supermárika, a que poderia tudo, inclusive tomar conta do próprio pai. Ainda era uma menina, cheia de sonhos, inventando histórias. Algo continuava daquela princesinha de Praga, como eu me imaginava antigamente, vivendo em um castelo que não era meu. Depois, porque falo melhor que meu pai e já conheço lugares que ele não conhece, achei que era mais forte do que ele e capaz de tomar conta de sua vida.

Descubro que não sou tão diferente da Lia. Por que pensava que tinha os pés plantados na terra, ao contrário dela? Minha cabeça também passa uma boa parte do tempo nas nuvens. Agora nem sei mais quem eu sou de verdade. Olhei para as conchinhas que eu tinha trazido da praia. Pensei no mar e no barulho das ondas. Acabei me lembrando de uma sereia. Eu era uma espécie de sereia. Uma mulher monstruosa, que não era do mar nem da terra, nem gente nem peixe.

Notei que eu pensava em português, mesmo mantendo a consciência de que não era brasileira. Talvez não fosse mais tcheca, pois me desacostumava de minha própria língua. Eu conseguia desenhar, mas não me sentia capaz de pintar. Via minha amiga Vera se afastar e não ia fazer nada para trazê-la de volta. Via Eliane dentro de minha vida e não tinha coragem para expulsá-la. Porque eu não magoaria meu pai. E aquela estava se tornando a nova mulher dele.

O que teria acontecido quando viajei? Meu pai estava mudado. Teria brigado com ela, sim. Eu não podia me enganar tão completamente. Não, eu não sou tão tonta. Mas não deu conta de ficar sem ela. Então, Márek era capaz de gostar, de amar Eliane de verdade. Eu sempre me dizendo que não seria possível esse amor. Mas por que brigaram? Algo a ver comigo? Por isso ele tinha evitado me olhar, enquanto jantávamos.

E os olhares dela, para mim, ainda me intrigavam. Por que tinha pena de mim? Isso não combinava. Se tinham brigado por minha causa, ela devia me sentir como uma inimiga. Preferia que expressasse seu triunfo e não aquele ar preocupado. Ah, eu não gostei nada da atitude dela, como se quisesse me conciliar com meu pai. Se ela é a razão de tudo. Será que essa mulher é louca?

Ou a louca sou eu? A louca ou a burra, que não entendia nada. Porque existe um silêncio muito grande entre meu pai e mim. Um silêncio que eu aceitei, desde que ele se recusou, assim que chegamos ao Brasil, a falar do passado. Márek deve ter muitos segredos, inclusive os que Eliane sabe. Os dois vivem em um mundo de que eu não faço parte.

E eu guardando dele a gravidez de minha mãe. Antes era uma forma de proteção, por não querer que sofresse. E também tinha meu medo. De que ele revidasse ao filho de Ludmilla com um filho brasileiro. Isso também fazia parte de meu segredo. Mas quem era eu para impedir meu pai de ter esse filho? Se nem tenho acesso à zona silenciosa em que ele se resguarda...

Márek não me conta as coisas. Também não precisa saber que o irmão dele terá uma criança com minha mãe. Pelo menos, não precisa saber de mim. Também posso me cercar de silêncio. Tantas coisas que eu já me recusei a dizer a ele. Todas as dificuldades na escola. As saudades de minha casa. A falta, nos primeiros tempos, de meu país.

Eu nunca disse a meu pai o quanto gosto dele. Imaginava que ele soubesse. E agora descobria que meu amor não era suficiente para ele. Com certeza, já seria hora de eu começar a ter meus planos pessoais.

37

Na primeira oportunidade, fui falar com Juca na escola. Fiquei um tempo na porta daquela sala, esperando que os alunos do sétimo ano saíssem. A irmã da Lia foi uma das últimas. Ela me cumprimentou, distraída. Por pouco não me viu.

Juca acenou para que eu entrasse. Tinha ido pedir desculpas, disse que estava disposta a tentar de novo. Ele passou os dedos nos meus cabelos, falou para eu não me preocupar. A gente podia deixar a pintura para mais tarde. Concordava em começar a xilogravura comigo. Aceitei a proposta. Sabia que ia ser duro brigar de novo com os pincéis. Ele falou do material de que eu ia precisar. Não era muita coisa, apenas um estojo com pontas de metal para escavar a madeira. O resto eu podia usar o que tinha no ateliê.

Tive vontade de dar um beijo naquela bochecha magra, mas apenas apertei sua mão com força. Eu me sentia mais forte com a amizade do Juca. Ele fazia parte de um mundo que era só meu.

Na aula de Educação Física, corri como uma louca. Era dia de handebol e eu tinha de fazer meu gol.

— Que egoísta! — a Rosali reclamou de mim.

Mas eu tinha de fazer aquele gol. Depois que enganei a goleira do outro time e vi a bola entrar do lado contrário do que ela pulou, pude soltar a bola para a Rosali. Deixei que ela marcasse o próximo. Mas deveria ter feito também aquele, pois ela jogou para fora.

E, no minuto final, fiz mais um. Eu estava suada, cansada, alegre. Soltei um grito depois daquele gol. Um grito rouco, vindo lá de dentro, enquanto eu socava o ar.

— Valeu, Marocas! — um dos gêmeos falou. Eles estavam assistindo à partida. Na hora não reconheci qual dos dois se dirigia a mim.

— É isso aí, Marocas.

Dessa vez quem cumprimentava era a Patrícia. Veio também me dar um abraço.

"É isso aí, Marocas", era a minha própria voz, falando

baixinho debaixo do chuveiro, enquanto eu ensaboava meu corpo. Por que não? Eles tinham me batizado. Eu era a Marocas do oitavo ano. Tinha agora um nome não muito comum, mas era um nome brasileiro, talvez meio zombeteiro. Mas era dito com simpatia. Eu aceitava ser a Marocas, que era muito mais agradável que "a tcheca", "a estrangeira" ou "a esquisita".

Eu me senti tão limpa ao deixar o vestiário. Limpa do suor, da excitação, do meu grito. Daí a pouco, estava na loja de material de arte. Comprei o que Juca havia pedido. Já ia sair, quando tive a ideia. Deixei encomendado um cavalete e uma tela, depois voltaria com o dinheiro.

Juca não precisaria saber que eu ia pintar sozinha no meu quarto.

38

Na aula seguinte, eu não estava mais sozinha com Juca no ateliê. De certa forma, ela estava ali, porque a convenci a vir. Era a primeira aula de Lia. Depois daquela confidência, tivemos outra conversa, quando lembrei a ela daquele talento que tinha e não usava. Parece que quem a convenceu definitivamente, contudo, foi a mãe dela.

Eu tinha ficado de apanhá-la em casa. Cheguei mais cedo do que o previsto e ela não estava pronta. Enquanto minha colega trocava de roupa, a mãe ficou conversando comigo. A mãe de Lia se chama Maria Lúcia e veio me cumprimentar pela ideia. Depois do fim do namoro, a filha, segundo ela, não se interessava por mais nada. Desfez, inclusive, a dupla de nado sincronizado com a irmã. A Raquel estava furiosa. Mas Maria Lúcia sentia que a filha mais velha não era nenhuma atleta e que se esforçava muito para acompanhar a irmã. Acreditava que a Lia se sairia muito melhor em alguma atividade artística.

— Acho que nós somos muito parecidas, a Lia e eu... — me disse a uma certa altura.

— A senhora também é artista? — achei natural minha pergunta.

— Uma amadora, mas sempre gostei de criar coisas com minhas mãos.

Quase trouxe mais uma aluna para o Juca. Mas a Lia apareceu, me chamando para ir embora. Então pensei que talvez ela não gostasse de ser colega da própria mãe. Talvez bastassem para ela as muitas tardes partilhadas na piscina com aquela irmã.

Logo que chegamos, imaginei que talvez sentisse ciúme de dividir com ela o meu professor. Só que não senti. Observei que ela começava apenas com o bloco de papel e um lápis preto. Juca mandou que ela observasse a própria mão e a desenhasse. Lia era rápida e firme, mas seus traços eram muito mais suaves que os meus.

Enquanto isso, eu sulcava a madeira. E descobri que minha mão era mais hábil para escavar do que para pincelar. Lia também me olhou e disse que nunca conseguiria fazer aquilo. O Juca veio me corrigir, falando que eu não precisava imprimir tanta força à goiva.

Eu sabia que o meu primeiro trabalho não sairia perfeito. Preferi treinar minha mão, ora indo mais fundo, ora apenas arranhando a superfície da madeira.

— Isso, Márika, você pegou o jeito — ele observou.

— Vou precisar aprender isso? — a Lia perguntou, desencorajada.

— Acho que você se daria melhor com a gravura em metal — Juca falou.

Eu entendi que o ácido faria sozinho os sulcos na placa de metal. As mãos delicadas de Lia trabalhariam apenas com uma ponta fina. Ao contrário da xilogravura, ela não precisaria empregar a força nem se arriscaria a ferir um dedo, em algum gesto desastrado.

— Sabe o que eu mais gostaria de aprender? — ela comentou.

Eu e Juca olhamos para ela, esperando que se explicasse.

— Aquarela, acho aquarela tão interessante...

Claro, aquarela combinava com ela, a água diluindo a cor, tornando tudo transparente e suave. Não era à toa que a bailarina aquática tinha trocado a piscina por um ateliê. Logo me convenci de que ela ficaria muito satisfeita ali.

E eu não me importava de ter uma colega, de dividir o Juca. Quem sabe não seria uma experiência parecida ter algum irmão?

39

Voltando para casa, depois de me despedir dela, tornei a refletir sobre a possibilidade de ter um irmão. Na verdade, meu irmão (ou irmã, sei lá eu) vinha por aí. Quase tive a certeza de que aquela criatura se pareceria muito comigo, mesmo que seu pai fosse outro. Seria mais bonito ou bonita, pois puxaria ao Jiri. Meu tio, contudo, tinha algo em comum comigo. Não era um carpinteiro habilidoso, com um acabamento tão perfeito e cuidadoso em suas peças? E eu não demonstrava um prazer semelhante em trabalhar a madeira? Talvez pudesse me tornar, futuramente, uma entalhadora ou uma escultora.

Então descobri por que tanto me fascinara o trabalho do Aleijadinho. O ofício dele me atraía. Não me importava quem ele tivesse sido, nem sua história surpreendente. Eu adorava o que ele fazia. Voltei a pensar no Jiri, seu rosto bonito, mas suas mãos endurecidas e ásperas. Eu gostava dele, quando pequena, menos quando ele bebia. Imaginei que seu filho também não gostaria disso. Mas, pela criança, ele bem que podia abandonar a bebida. Se pudesse dar um conselho a Ludmilla, iria lhe soprar para pedir isso ao Jiri.

Mas, agora, não amava mais aquele tio. E não entendia como minha mãe tinha preferido aquele irmão ao outro. Márek nunca bebeu, nunca ficou violento. Dava flores a Ludmilla, mas nunca esculpiu o rosto dela. Como fez meu tio. O rosto de Ludmilla, feito de madeira, se parecia com o de uma santa ou de uma rainha. Mas foi parar no fogo, Márek o queimou como se fosse lenha.

Foi estranho ver o rosto de minha mãe arder e virar cinza. Eu queria salvá-lo, mas Márek me segurou e me fez ficar ali, vendo as chamas envolverem, arderem e depois tornarem preto e disforme o rosto da rainha Ludmilla. Eu chorava e não entendia meu pai. Depois, passei a entender, e desde então não choro.

Mais tarde, quando fiquei sozinha no quarto, armei meu cavalete. Desde que o trouxera, ele tinha ficado a um canto, praticamente escondido. Mas agora ele estava diante de minha janela e sobre ele ajustei a tela. A noite era fria, deixei a vidraça entre nós duas. Dali eu a via, com tão poucas estrelas. A lua não se mostrava e acho que minguava.

Preparei a tela como Juca me ensinou, com uma camada branca. Os pincéis e as tintas dispostos ao lado. Um trapo, um vidro com água. A palheta. Uma tela branca, perto de mim. Uma noite escura, atrás do vidro e da tela.

Eu tinha de destruir esse fundo branco e trazer a noite para minha tela. Minha mão tão pouco delicada, áspera por ter lixado a madeira, apertava o pincel. Derramei na palheta a tinta preta e depois passei o pincel mais grosso sobre ela. Imaginei que tinha mãos tão delicadas quanto as de Lia e suavizei a pressão sobre o pincel. E minhas pinceladas lembravam as de Juca.

Minha tela escurecia como se fosse tomada pela fumaça. O preto se misturando ao branco criava o cinza. Eu querendo ver a madeira dentro da tela. A madeira se esfarelando em cinzas. Uma forma quase humana, talvez um rosto de mulher se derretendo.

Naquela noite, sozinha, pintei meu primeiro quadro.

40

Comecei a escrever para Vera. De repente, queria saber alguma coisa de Praga. Já não me importava que Márek fizesse cara ruim para essa correspondência. Ele nunca chegou a me proibir, mas também não incentivava os contatos com a minha amiga. Pois decidi não deixar morrer aquele único laço com a minha terra. Agora que tinha cada vez mais uma vida minha, do mesmo jeito que meu pai tinha a dele.

Perguntei sobre o Jan. Até que eu tinha uma certa curiosidade sobre o rapaz que conquistou minha amiga, mas aquele também era um jeito de provocá-la, de fazer com que respondesse minha carta. Contei das aulas de Arte, do handebol, sem ter muita certeza de que ela se interessasse por minhas experiências particulares.

Só então me dei conta do que me fazia, realmente, começar aquela carta. Pedia notícias da gravidez de minha mãe. Queria saber quando meu irmão iria nascer. No fundo, me preocupava também com a saúde de Ludmilla. Sei que quanto mais velha a mulher, mais complicada a gravidez. Minha mãe já vai fazer quarenta e um anos.

Interrompi o que escrevia, meu pensamento me levando até ela. Sua vida tinha piorado, claro, depois que se uniu ao Jiri. Meu pai tinha uma vida mais estável e lhe dava um conforto maior. Os amigos em comum a recriminaram e se afastaram, e muitos, eu sei, fizeram isso por minha causa. Por ela ter permitido que Márek me levasse embora.

Márek, depois que ela saiu de casa, vendeu todos os móveis, a maior parte dos livros e dos discos. Ludmilla só ficou com algumas roupas. Ele não queria que ela levasse nada daquele casamento. Minha mãe tentou se desculpar comigo, chorou na minha frente, mas eu não queria ouvi-la. Nunca nos despedimos.

Será que eu queria mesmo saber notícias dela? Nunca perguntei nada diretamente a Vera nas outras vezes. Tive dificuldades para prosseguir. Deixei a carta como estava. Abri o livro de Português. Eu sempre tenho de estudar Português muito mais que qualquer outra matéria.

Na tarde seguinte, recebi uma carta de Vera. Enquanto ia para o quarto, para poder lê-la com tranquilidade, pensei na grande coincidência. Antes que eu concluísse a minha, recebia a mensagem de minha amiga. E imaginei que eu lamentava o afastamento de Vera, mas na verdade nem tinha respondido sua última carta. O que ela teria para me dizer? Teria, como Lia, acabado o namoro e precisava desabafar?

Mas não havia palavra alguma sobre o Jan ou sobre ela própria. Vera tinha me escrito apenas para se explicar. Por ter rompido o pacto. Dizia que eu poderia achar que ela era uma traidora, por ter dado meu endereço a Ludmilla. Mas acabou cedendo, porque afinal se tratava de minha mãe, que precisava tanto se comunicar comigo. Sabia que eu não tinha respondido a Ludmilla, mas achava pior eu não escrever mais para ela, Vera.

Me pedia mais desculpas, escrevia para que eu não a riscasse de minha vida e para que eu me lembrasse como éramos unidas até algum tempo atrás. Ela entendia que eu não quisesse saber mais de minha mãe, mas precisava, definitivamente, que eu a perdoasse.

Acho que nem respirava direito ao chegar ao fim da leitura. Então ela tinha feito o que eu havia suplicado, desde a primeira vez, que jamais fizesse. Eu havia garantido a Márek e ele tinha confiado em mim. Ninguém, além de Vera, poderia saber nosso endereço no Brasil.

Minha mãe arrancou dela o nosso segredo. Por quê? Se não escreveu para mim. O que queria, então? Um jeito de descobrir o paradeiro de meu pai? Será que não pensou que podia me afastar de uma vez de Vera e de minha cidade? Vera tinha sido uma tonta. Por que confiou em minha mãe?

41

Como ele demorou a chegar naquela noite! Não sabia se tinha tido algum problema no trabalho, ou se tinha saído com Eliane. Nem pude tocar nos meus deveres da escola. Andava pela casa toda, sem conseguir parar para sentar. Umas cem vezes olhei para os relógios da casa. Eu precisava contar tudo a ele. Mas ele não chegava e eu ficava ainda mais angustiada.

Precisava falar tantas coisas. Contar não só da gravidez de Ludmilla, que eu estava escondendo, como também o pior: que ela já sabia o nosso endereço. Estava disposta a nunca mais escrever para Vera. Um pacto é um pacto, não tem de ser rompido. E minha mãe era uma mulher odiosa! Primeiro, me dando aquela notícia através de Vera. Ela queria, claro, que eu contasse ao meu pai. Depois, arranjou um jeito de obter o endereço. Não era para mim que ela queria escrever, mas para ele.

Ludmilla só queria se vingar. E, por isso, tinha de contar daquele filho com o Jiri. Meu pai tinha de saber, para ser humilhado. Lógico, ela perdeu os amigos, perdeu todos os objetos pessoais, quando se separaram. Pois ela merecia perder tudo. Até a única filha! Agora vinha nos dizer que não precisava de nós, que ela e o outro marido tinham dado a volta por cima. Aquele filho era sinal de que continuariam mais juntos do que nunca. Era seu jeito de dizer que nos odiava, a meu pai e a mim.

Eu tinha de me desculpar, por ter guardado dele o que eu já sabia. E por ter mantido correspondência com alguém de Praga. No fundo, ele tinha razão de fazer aquela cara feia, a cada vez que eu abria um envelope com o selo de nosso país. Mas permitiu que eu conservasse uma amiga dos velhos tempos, mesmo percebendo como aquilo era perigoso. E era através de mim que Ludmilla veio nos castigar.

Finalmente, o barulho da chave na porta da sala. Ele vinha carregado de compras. Claro, tinha ido ao supermercado! Ele tinha mesmo me dito pela manhã. Como não me lembrei?

— Márika, me ajude a guardar essas coisas — ele pediu.

Mas, na cozinha, deixei cair e quebrar uma garrafa de vinho. Ele, finalmente, percebeu que algo errado estava acontecendo.

— Você está estranha, filha.

Sem perceber que ele me falava em tcheco, comecei a contar para ele, em português, tudo o que, confusamente, dançava pela minha cabeça.

— Calma, Márika, devagar... — ele pediu.

Então, respirei fundo e recomecei.

— Na nossa língua, na nossa língua, por favor!

Tropecei nas primeiras palavras, tive de traduzi-las. Só depois de algumas frases, o tcheco fluiu.

Márek ficou um bom tempo em silêncio. Não tinha nenhum sangue no rosto. O canto de sua boca tremia. Então ele disse que sabia de tudo. Da gravidez. Do que a Vera tinha feito.

E me contou o que demorei a entender. Ele teve de repetir.

— Ela escreveu para você, sim!

42

Por que Márek sabia que minha mãe tinha escrito para mim? E onde estava a carta, que eu nunca recebi?

Olhei para ele, sem precisar dizer nada. Márek passou a mão pelo cabelo. Sua boca trêmula também tinha perdido a cor.

— Escreveu, Márika, escreveu.

— Nunca li essa carta, nem vi o envelope — eu disse.

— Achei que você não tinha de ler nem de saber essas notícias.

— Mas então você leu?

— Li, pois precisava saber o que aquela louca queria com você.

— E não me disse nada?

— Ela não tem o direito, Márika, de se aproximar de nós!

Márek se concentrou em limpar o chão, recolhendo os cacos da garrafa. Tive medo de que se ferisse, pois sua mão também tremia.

— Onde está a carta?

— Rasguei.

Fui para o quarto e me deitei no escuro vestida como eu estava. A janela aberta deixava passar um vento frio, mas não tinha ânimo para me levantar e fechá-la.

Daí a pouco ele veio até minha porta e me perguntou se eu queria comer. Disse que não, em português. Ouvi seus passos se afastando de novo para a cozinha.

Essa noite, a casa ficaria no escuro. Márek iria ouvir um de seus discos. Eu não me levantaria da cama. Pois me sentia profundamente aborrecida. Quem tinha me traído não era só a Vera. Meu pai também.

Por que rasgou a minha carta? Por que leu, sem a minha autorização? Por que nunca comentou nada? Ah, sim, desta vez entendi algo que tinha me intrigado e que acabei esquecendo. Ele comentou com a Eliane. Por isso, quando voltei das férias, ele estava tão estranho. E ela me olhava com pena. Ela sabia que eu tinha recebido uma carta e que tinha sido impedida de ler as coisas que minha mãe me escreveu. Vai ver que brigou com ele, por não ter concordado com o gesto dele. Isso explicava também o seu sumiço por alguns dias.

O que será que Ludmilla quis me dizer? Eu não deveria mesmo saber? Com certeza, ela deveria ter falado mal de Márek, e ele se sentiu ofendido. Mesmo assim, meu pai poderia confiar em mim. Nunca que eu iria me deixar levar pelo julgamento de minha mãe.

Uma voz, então, dentro de mim mesma, começou a desculpá-lo. Nós dois éramos muito parecidos. Do mesmo jeito que eu tinha me mantido em silêncio, depois de informada por Vera do que estava acontecendo, ele não quis me contar. Ele só queria me proteger, do mesmo modo como eu agi no princípio.

Não sabemos, meu pai e eu, dizer certas coisas um ao outro. E então criamos confusões e mal-entendidos. Márek deve me achar ainda meio infantil, por isso me escondeu a carta. Acha que não sei me defender de Ludmilla.

Ele fez para me proteger, para me proteger. Porque gosta de mim, porque é meu pai. Para me proteger...

43

Tendo dormido tão mal à noite, acabei cochilando na aula de Desenho. Mas o Prudente não percebeu. Na verdade, fui salva pelo Chico. Senti uma coisa pontuda me cutucando o braço. Era o esquadro de meu colega. Olhei para ele, assustada.

— Não dorme, Marocas — ele sorria, parecendo estar se divertindo com a cena.

Não sabia se devia agradecer a ele ou xingar aquele gêmeo. A vontade que eu tinha era de dormir, de apagar. Se pudesse, quebrava aquele esquadro e mandava o dono dele para bem longe. E o professor de Desenho, a sala inteira, a escola... E voltaria a me esconder dentro de um sonho.

Tinha sonhado com a minha outra escola, no meu país, num dia de primavera. Um sonho tão rápido, apenas me lembrava dos vasos de flores arrumados na porta da escola. É que tinha escutado alguém comentando que a primavera iria começar. Mas eu ainda não conseguia entender o que significa uma primavera no Brasil. Algumas árvores florescem, mas outras florescem no outono e no verão. E no inverno, que estava acabando, nada tinha morrido. O frio apenas ia diminuindo. Sei que é impossível nevar nesta cidade, mas nem as árvores ficam secas. Talvez os jardins fiquem um pouco mais feios, mas nada definha de verdade. Nem se percebem os novos brotos que marcam o fim do inverno.

Aqui não tem primavera nenhuma, eu pensava, enquanto esfregava o braço, ainda vermelho e com a marca da ponta do esquadro do Chico. Creio que vou sentir falta da primavera eternamente. Bem mais que da neve.

Na aula seguinte, da Ester, o tempo todo escrevi em tcheco. Não anotava o que ela dizia. Estava escrevendo para Vera. E sentia uma grande segurança. Mesmo se o Chico, o Edu ou qualquer de meus colegas viesse espiar, não entenderiam uma palavra! E eu podia falar, sem receio, de minha vida e de meus sentimentos. Ninguém, por perto, tinha acesso ao meu código!

Contei para Vera que escrevia da escola e que ninguém ali poderia entender a nossa língua. Disse que tinha começado uma outra carta para ela, mas que tinha ficado inacabada, quando recebi a última que ela tinha enviado. Desabafei, então, revelando que meu pai tinha rasgado a carta que Ludmilla escreveu. Disse que, apesar de chateada com ela, decidia perdoá-la por ter rompido nosso pacto. Afinal, levava em consideração o que tinha me pedido. Tinha pensado nela e me lembrado como éramos unidas. Inclusive tinha sonhado com nossa escola, na primavera. E que tinha sentido que as flores do sonho eram um sinal para que eu lhe escrevesse e a perdoasse.

Bom, tinha me explicado para Vera, mas ainda não sabia que atitude tomar com Márek e Ludmilla. Tinha finalmente conseguido dormir, na véspera, pensando que ele era meu pai e que tinha feito aquilo pelo meu bem.

Mas me mantinha cheia de curiosidade sobre o que minha mãe teria escrito. Tinha vontade de interrogar Márek, mas só iria piorar as coisas. Queria, pelo menos, pedir a ele para nunca mais me esconder nada.

Ainda tínhamos a aula de Educação Física. Dessa queria participar, pois imaginava que jogaríamos handebol. Mas a Valdete inventou de dar ginástica. Dessa vez, a Lia estava mais animada e se colocou na segunda fila. Eu iria para a última, mas...

Não sei o que me deu. Falei baixo com a professora, que não ia poder fazer, pois tinha acabado de ficar menstruada. Ela me olhou meio incrédula, mas depois me examinou melhor. Eu deveria estar com olheiras, pela noite que tive. Eu estava mentindo, mas ela acreditou em mim. Minha fama é que eu nunca mentia. Fui dispensada da ginástica.

44

Não adiantou nada ter chegado mais cedo em casa. Meu objetivo era ficar sozinha. Algo me inquietava naquela casa e pensava em me dedicar a resolver essa inquietação. Só que a Margô tinha vindo trabalhar e parecia ocupar todos os espaços ao mesmo tempo. Assim que almocei, disse a ela que precisava de tranquilidade porque ia pintar. Já que estava sozinha no meu quarto, enquanto esperava que ela fosse embora, tentei mesmo pintar.

Sempre dei conta de desenhar e gravar na madeira, era agradável e fácil. Mas, quando coloquei a nova tela no cavalete, me veio de novo a sensação de como aquilo me desafiava. Mesmo porque o Juca não estava ali para controlar minha técnica. Pintar tinha se tornado um ato inteiramente meu. Eu deveria dar conta sozinha.

Só sabia uma coisa. Para começar, eu tinha de escurecer completamente a tela. E, depois, trabalhar sobre o preto. Esmaecer, enfumaçar. Até que alguns vultos, como fantasmas, se insinuassem naquele ponto da fronteira entre a noite e um mínimo de luz. De novo, surge um rosto, por trás das trevas. E agora traz um pouco de seu corpo. Não tem braços nem pernas, mas mostra o volume dos seios e do ventre. Um meio corpo de mulher, assim como uma tênue nuvem em um céu quase negro. Assim, inacabado, este é o meu segundo quadro.

Agora a casa está em silêncio. Parece que ela já foi. Abro devagar a porta do quarto, aguço o ouvido. Não há mais sinais da Margô. Dou uma volta pelos cômodos. Ela foi mesmo embora. Então, eu que menti para a Valdete, entro, sorrateira, no quarto de Márek.

Preciso resolver essa coisa que me inquieta e que tinha feito com que eu voltasse mais cedo para casa. Confiro no relógio da escrivaninha. Tenho quase duas horas. Minhas mãos abrem armários, tateiam entre gavetas. Nada entre as meias ou as cuecas. Tiro papéis, documentos da escrivaninha, com o cuidado de observar como estava tudo disposto. Tento recolocar cada coisa em seu lugar.

Sou uma espiã, uma espécie de ladra. Não gosto de estar fazendo isto. Eu também não deveria ter mentido na escola. Mas ele abriu minha carta, diz que a rasgou. E algo me diz que Márek estava mentindo. Estou procurando o que é meu e que ele me roubou. Roubou, depois de ter espiado. Além de ter me escondido que fez isso.

Não foi com meus colegas que colam e mentem na escola que aprendi a fingir. Aprendi isso ontem. Com meu pai. De repente, me sinto cansada. Há meia hora que vasculho as coisas dele. Já achei um vidro de perfume, com um cartão e a letra de Eliane. Não quis ler o que estava escrito. Só quero a carta.

Nada nos armários ou na escrivaninha. A mesa de cabeceira tem duas gavetas. Só falta olhar lá. Na primeira, os óculos de leitura e o livro que ele está lendo. Algumas caixas de remédio. Na segunda, outro livro. Português para estrangeiros. O caderno de exercícios de meu pai. Por baixo de tudo, um envelope.

Meu coração dispara, o envelope está amarfanhado. Ele ia começar a rasgá-lo, mas desistiu. Reconheço, depois de tanto tempo, a letra de minha mãe. Mas será que ainda existe alguma coisa dentro daquele envelope?

45

A carta existe, sim. Cheguei a acreditar que Márek a tivesse destruído e guardado apenas o envelope, pois ele traz o novo endereço de minha mãe. Imaginei que ele quisesse o endereço, talvez para escrever para ela algum desaforo. Ou um pedido de que me deixasse em paz.

E, agora, desdobro o papel, tão amassado quanto o envelope? Será que estou pronta para ler o que Ludmilla quer me dizer? Ou ele, no fundo, ainda tem razão de querer me poupar daquilo?

Cheguei até aqui. Tenho de ir em frente. Lá está a data, junto do nome de minha cidade. "Minha filha Márika"... Não sei por que, mas fui logo pensando que faltava uma vírgula. Fiquei naquela frase, tomando coragem para seguir adiante. Pensei que ela ainda me chamava de filha. Talvez eu preferisse que me chamasse simplesmente Márika. O que será que viria depois daquilo?

Ela dizia que imaginava o quanto seria difícil que eu a entendesse, mas que mesmo assim tentaria. Para ela também não tinha sido fácil aceitar que eu preferi Márek. Mas, se eu estivesse em Praga, junto dela, ela estaria muito mais feliz. Então contava da gravidez. E pedia para eu não odiar aquela criança. Que, se eu tivesse de odiar alguém, odiasse a ela, que tentaria suportar. Mas que eu soubesse que ela me amava e, por isso, tinha suplicado a Vera para dar-lhe o endereço. Desde que eu tinha vindo embora, ela pensava em mim todos os dias. Disse que rezava por mim. Que imaginava que eu crescia e não estaria longe de me tornar uma adulta. Quando chegasse esse dia, sabia que eu a procuraria, independentemente da vontade de Márek.

E me pedia que, pelo menos uma vez, escrevesse para ela. Apenas para dizer que eu não tinha ódio. Sabia que o Márek tinha minha guarda e dizia que não queria provocá-lo. Mas iria lhe fazer tão bem se eu lhe escrevesse, um bilhete que fosse. Nem ousava sonhar que eu não me sentisse feliz por aqui. Entretanto, caso eu quisesse voltar para casa, ela já tinha dito ao Jiri, e ele concordou, eu sempre poderia voltar a viver ao lado dela. E, por que não, com minha irmã ou irmãozinho?

Não, ela não me pedia isso, só que lhe escrevesse. Uma única carta. E que estaria preparada, embora não negasse que sofreria muito, para o caso de eu não querer responder. Mas torcia tanto para que, pelo menos, ficasse sabendo que a filha não a detestava.

E era só.

Por que Márek não quis que eu lesse? Será que precisava tanto que Ludmilla se sentisse detestada por mim? E o que é que eu sinto de verdade por ela?

Esta carta é minha e não vai ficar na gaveta de meu pai. Deixo o quarto dele e fecho a porta atrás de mim. Preciso reler esta carta.

46

Márek e Eliane chegaram juntos. Ela ia lhe dar aula. Meu pai iria buscar seu livro e o caderno e veria que a carta não estava ali. Fiquei esperando no quarto. Ele teria de ir até lá e falar comigo. Já tinha lido e relido não sei quantas vezes as palavras de Ludmilla. Ainda não tinha me decidido sobre o que eu sentia por ela. É que eu só conseguia pensar nele.

Márek não era quem eu pensava. O melhor dos amigos, o grande companheiro. O que estava comigo para o que der e vier. O pai, ao lado de quem eu não precisava de mãe. Não podia ser tudo isso, porque fingia. Porque me escondia coisas e mentia para mim. E me levava a mentir e agir às escondidas. Como posso acreditar em quem é capaz de fingir?

Fiquei esperando que ele viesse até meu quarto para falar comigo. O que iria dizer? Que eu tinha mexido nas coisas dele e roubado algo importante? Algo que eu tinha ido buscar, porque tinha sido roubado de mim. Algo que existia e ele dizia ter destruído. Ele não podia me acusar de roubo. Eu é quem podia acusá-lo.

Não fui capaz de esperar, passivamente, que Márek viesse até meu quarto. Abri a porta e fui até a sala, onde ele estava com Eliane. Estavam os dois no sofá, meu pai com a cabeça baixa, ela segurando o ombro dele. O livro e o caderno jogados sobre o tapete.

Eliane se assustou, quando me viu. Balbuciou meu nome, e ele então ergueu a cabeça e me olhou.

— O que você fez, Márika?

Tive vontade de rir da pergunta. Poderia estar perguntando a ele a mesma coisa.

— Peguei o que era meu — respondi.

— Eu nunca ensinei a você a mexer nas minhas coisas.

— Nunca? Quem abriu minha carta e escondeu de mim? Só as minhas coisas podem ser mexidas?

— Essa carta me dizia respeito também.

— Essa carta era da minha mãe e para mim. Você pegou, abriu e não me falou nada.

— Você não tinha o direito de vasculhar minhas coisas. Eu sou seu pai!

— E eu sou o quê? Não tenho direito a ter mãe?

— Pronto! Ela conseguiu, ela envenenou você. Me entende agora, por que você nunca deveria ter lido essa carta?

— Não vou entender nunca é o que você fez. Você é um mentiroso, Márek!

A Eliane, que estava quieta, resolveu falar.

— Eu sabia que isto ia acontecer. Você deveria ter me ouvido — ela se dirigia a ele.

— Cala a boca, você! — Márek a empurrou de volta para o sofá de onde tinha se levantado.

O gesto de violência me assustou. Ele me olhava, os olhos quase saltando da cara.

— Fui burro de não ter mesmo rasgado a carta!

— Essa carta não tem nada de mais! — eu gritei. — E você parece um louco!

— Como? Não está vendo o efeito? Eles queriam voltar você contra mim. Ludmilla quer tirar tudo de mim...

— O que você fez é que não tem desculpa. Eu não acredito mais no que diz!

— Não grita comigo, Márika!

— Por quê? Vai me bater?

Ele deu um passo para perto de mim. Eu não recuei.

— Não, Márika... não fale desse jeito — Eliane me pedia, choramingando.

— Pode bater... — falei, encarando meu pai nos olhos.

O braço dele fez que ia se levantar. Fechei os olhos, esperando que descesse sobre mim.

Então ele recuou. Voltou para o sofá. Eliane o abraçou.

— Sai daqui, vai para o seu quarto — Márek falou. E de novo tinha a cabeça baixa.

— Vai, Márika, por favor... — Eliane me pedia. Tinha lágrimas nos olhos.

Sacudi a cabeça, enquanto olhava o casal. Que diferença havia agora, para mim, entre Jiri e Ludmilla ou Eliane e Márek?

Não disse mais nada e fui para o quarto. Deixei meu pai com a mulher dele na sala.

47

Foi Eliane quem veio bater à minha porta. Disse que queria se explicar e que eu precisava entender meu pai. Não abri. Não iria falar com ela. Apenas lamentei que meu pai precisasse de uma embaixadora.

Não me incomodaram mais. Fiquei olhando a noite pela janela. Mas ela não parecia tão estranha quanto as que eu tinha pintado. O céu tinha estrelas. Havia luzes nas casas e nos prédios. Escapavam sons dos aparelhos de televisão. De algum lugar vinha música. Todas as janelas estavam abertas. Já não fazia frio. A primavera tinha chegado.

Eu não entendia. Meu coração tinha se rasgado e lá fora as estrelas brilhavam e tocavam música. Eu tinha perdido algo muito importante, a confiança em quem mais tinha amado. Já não éramos dois contra o mundo. Eu estava sozinha.

Mesmo assim, era primavera naquele país. Eu não entendia o que fazia ali, por que morava naquele apartamento e naquele quarto. Por que tinha vindo pelo ar e atravessado o mar numa noite que durou milhares de horas.

O que ia acontecer comigo dali em diante? Meus pés pisavam num tapete, sob ele, havia um chão de tábuas. Mas, por baixo daquelas tábuas, me equilibrava no ar. E sentia que havia um oceano escuro abaixo de mim. Desta vez, ninguém segurava minha mão.

Sentei na cama e senti um dedo tocar a borda de um papel. A carta. Ela veio de Praga, atrás de mim. Ludmilla só me pedia para que eu não a odiasse. E, claro, me dizia, muito tarde, que me amava.

Talvez ele também continue me amando. Com seu amor egoísta e mentiroso. Pelo menos, não me bateu. E já sabe que não me engana mais.

Entendi que eu tinha de responder aquela carta. Acendi a luz, me assentei na frente da escrivaninha, diante da janela. Agora, havia mais um retângulo iluminado naquela noite. Como eu podia me dirigir a ela?

Não consegui chamá-la de mãe. E coloquei uma vírgula depois do nome de Ludmilla. Uma vírgula. Como aprendi no Brasil. No meu país, teria usado uma exclamação. A exclamação que ela esqueceu, quando se dirigiu a mim.

Aquela carta parecia uma pintura, me desafiando da mesma forma. Um papel branco que eu precisava escurecer com letras e palavras. Palavras na minha língua materna. Talvez até me enganasse na grafia de alguma. E ela iria perceber que sua filha tinha se tornado uma estrangeira.

Há tanto mar entre nós duas. Eu precisaria de uma ponte imensa para chegar até ela. Mas pelo menos um píer eu já poderia construir. Ela não disse que bastava um bilhete? E que eu escrevesse que não a detestava.

Eu não odeio você, mãe. Apenas demorei para responder sua carta. Eu viajei. Estava em férias. Agora estou aqui de novo. Mande uma foto para mim,

Márika.

Era só isso a minha carta, quase o texto de quem tinha aprendido recentemente a usar as palavras escritas.

48

Nas primeiras aulas, consegui ficar ligada. Desenho e Matemática puxavam pela minha cabeça e tive de me manter atenta. Não pensei um momento que saí de casa sem ter visto Márek e que trazia na mochila a carta para minha mãe.

Mas havia um recreio no meio da manhã. Não queria falar com ninguém e me refugiei na biblioteca. Havia um computador disponível. Pensei que, se minha mãe tivesse um e-mail, poderia lhe mandar as palavras que ainda carregava na mochila, à espera do momento de poder ir ao correio. E, talvez, conseguíssemos falar uma com a outra no mesmo dia.

A tela do computador parada naquele descanso com o nome do colégio indo e vindo. Eu deveria estar ali para pesquisar algo. Fui à Internet e busquei a palavra Praga.

Daí a pouco, imagens diferentes de minha cidade iam ocupando a tela. A primeira foi do Hradçany, com o castelo iluminado, enquanto caía a noite. Moldava é o nome de nosso rio Vltava em português. Algumas de suas dezessete pontes aparecem numa foto que mostra a cidade na primavera. Numa outra foto, os bondes, que por aqui não existem, mas que eu, como todos os praguenses, usava tanto. Não podia faltar o relógio astronômico, símbolo da cidade velha. Os turistas se juntam para ver a procissão dos doze apóstolos, bonecos que se movem, saindo de uma janela, a cada hora exata. Dizem que mandaram cegar o artista que criou o relógio para que não fizesse outro igual. Eu tinha horror de olhá-lo, não só por causa dessa história, mas pela pequena estátua da Morte, simbolizada por um esqueleto, num dos lados do relógio.

E as imagens de Praga brotando na minha frente e misturando meus sentimentos, prazer e medo. Lembranças, saudades e um sentimento tão estranho: ali ficou minha mãe, ali ficou minha infância.

O recreio tinha acabado e eu não conseguia me levantar de onde estava. Araci, a bibliotecária, veio me alertar. Mas eu não queria ir para a aula de Português.

— Deixa eu ficar aqui — supliquei.

— Mas eu não posso, Márika.

Então aconteceu aquela coisa. Não imaginava que ainda era possível. Começou a sair água de meus olhos, ao mesmo tempo que uma série de soluços sacudia meu peito.

— O que é isso, Márika? — ela perguntou, assustada.

Eu não sabia por que aquilo estava acontecendo. Só via acontecer. Lágrimas e soluços.

— Então, chora. Vai te fazer bem.

Ela me deixou ficar lá. Depois me fez tomar água. Quando aquilo parou, me deu também café. Um café preto e amargo, no entanto quente.

— Me desculpa — consegui lhe dizer.

Ela me abraçou. Fiquei ali até a hora de fechar a biblioteca. Quando apareceram a Lia e o Miguel.

— Você sumiu. Viemos procurar você — disse a Lia.

Aí chorei de novo, mas sem soluços.

Tentei falar com eles o que me acontecia. Não sei se entenderam. A gente não consegue contar a própria vida numa única conversa. Paciente, a Araci deixou que ficássemos ali, mesmo depois do horário. Pelo menos, não entrou mais ninguém.

Então, ela teve de ir embora. E a Lia também, porque a mãe tinha vindo buscá-la. Ela quis me levar para a casa dela, mas eu não ia me sentir bem, sobretudo por causa da Raquel. Então o Miguel me propôs que eu fosse com ele. Almoçaríamos juntos, naquele dia a mãe dele não viria para o almoço.

Aceitei. Não tinha vontade de voltar para casa.

49

No caminho, passamos pelo correio. Quem acabou colando o selo e colocando o envelope no buraco da parede, sob a placa "exterior", foi ele. É que, na hora, tive uma tontura. Sentei um pouco em um banco e logo já estava melhor.

Tomamos um ônibus até a casa de Miguel. Fiquei na janela, sentindo o vento e às vezes respirando fundo. Não que eu tivesse medo de ficar tonta mais uma vez. Queria respirar o ar da primavera.

Miguel esquentou a comida para nós. Havia um quibe assado, por isso me lembrei do padrasto dele. Mas meu colega gostava de comida árabe. Também havia verduras, arroz e feijão. O feijão era o melhor que eu já tinha comido na vida. Disse a ele, pois era verdade, e também um modo de elogiar o almoço.

— Eu gosto de comida árabe e você da brasileira — ele observou.

Na verdade, eu gostava de feijão, mas não imaginava quanto.

— Vim parar logo na sua casa — eu disse.

Ele pediu para eu me explicar. Contei que achava interessante estar na casa de quem tinha uma história que se parecia com a minha, mas que se comportava de um modo tão diferente. Ele aceitava o padrasto e parecia gostar dele.

— Mas a namorada de seu pai não é o problema maior — ele retrucou.

— Eu sei.

Meu problema agora era meu pai. Na verdade, sempre tinha sido. Antes, eu tinha ciúme da Eliane por causa dele. Agora, ainda tinha ciúme, mas não parecia mais tão importante. Eu não sabia era o que sentia por ele.

— Meu pai mostrou que eu não posso confiar nele.

— Ele fez isso porque gosta de você.

— O Márek quis passar para mim a raiva que ele tem de minha mãe.

— Agora vai ter de ver que isso não funciona. Ele não pode mais afastar vocês.

— O problema é que estou com medo...

— De quê?

— Da minha raiva se voltar contra ele!

Miguel tentou me convencer de que com o tempo essa raiva passaria. Disse que também teve ciúme da mãe, mas que, quando deixaram de tratá-lo como criança, tudo passou a ser mais fácil para todos.

— Seu pai deve ter aprendido que não deve mais esconder as coisas de você.

Só que eu sabia que o que ele escondia de mim não era só uma carta, queria esconder que eu tenho mãe, que eu tenho um país e uma cidade onde nasci. Márek estava arrancando muita coisa de mim.

50

Em casa, passei a ficar mais tempo no meu quarto. Não sentia vontade de ficar com Márek. No começo, ele tentava quebrar o gelo. Mas deve ter dado ouvido a Eliane. Eu tinha escutado, numa das primeiras noites depois daquela cena, o conselho que ela tinha dado a ele.

— Ela precisa de tempo. É só você esperar e ela volta ao normal.

E ele retrucou:

— Acho que a partir de agora vou concordar com você.

Eliane sempre fora contrária a ele me esconder a carta. Ela mesma me disse isso, numa rara conversa que tivemos. Disse para mim também que sabia o quanto eu gostava de meu pai e por isso o desculparia.

Eu não me interessava pelo que Eliane achava, mas passei a suportá-la melhor. Difícil era conviver com Márek, pois agora duvidava se tinha valido a pena gostar tanto dele. Em minha cabeça martelava uma única coisa: meu pai mentia e manipulava. Por causa dele, eu tinha apagado minha mãe completamente.

Agora esperava que ela me escrevesse e enquanto isso não sabia o que fazer. Mas tinha de passar o tempo, presa no quarto. Se pensasse apenas nele ou imaginasse o que Ludmilla realmente sentia por mim, iria enlouquecer.

Passei a estudar, muito mais do que eu fazia antes. E assim me recuperei do desleixo com que nas últimas semanas tinha tratado as matérias do oitavo ano. Quando cansava de estudar, pintava.

As mesmas manchas surgindo nas telas escuras, mas cada uma delas querendo se transformar em uma mulher diferente. E a mulher parecia ganhar aos poucos nitidez. Ganhava braços, já tinha pernas, mas seu rosto sempre parecia de areia. Os olhos querendo se formar, vindo lá do fundo de uma coisa vaga e imprecisa.

Em mais uma semana, ela ganhava abaixo dos olhos baços uns orifícios para respirar, mas ainda não tinha uma boca. Ao todo, já tinha completado seis mulheres, todas encostadas contra a parede e sob a janela. A primeira, apenas uma cabeça flutuando no escuro. A última, com mãos e pés, conseguindo olhar, mas mal respirando. Então, minhas telas se acabaram e eu não tinha dinheiro para comprar mais.

Márek, no entanto, deixou com Margô minha mesada. Margô era a única pessoa que via meus quadros e achava tudo muito sinistro, chamava de fantasmas às diversas aparições da mulher de meus quadros.

Ele falava tão pouco comigo e eu com ele, mas era Márek quem financiava minha arte secreta. Eu não tinha certeza se ele espiava o que eu fazia, quando ficava sozinho em casa. Era mais do que provável, era a natureza dele. Mas não me importo. Não mostro o que faço, mas não tenho nada a esconder.

51

Lia passou a ter um certo cuidado comigo. Lídia aderiu. Fui chamada para passeios e várias vezes fomos ao cinema. Miguel conversava mais comigo e me emprestava livros. Um dia fomos à casa do Renato e os dois começaram a me ensinar futebol.

Na aula de Juca, Lia fez sua primeira aquarela. Eu já tinha imprimido algumas gravuras. Juca se surpreendeu como a última tinha saído delicada.

— No ano que vem, você vai voltar a pintar. Você e a Lia começam juntas.

Lia achou a ideia ótima. Eu disse que por mim estava bem. Que no ano que vem poderia pintar de novo, diante dele.

Mas dentro de mim começou a surgir uma dúvida sobre o ano que vem. Será que eu quero continuar aqui?

Vera e Ludmilla já tinham me escrito duas vezes cada uma. Vera estava mais calorosa, não só falava do Jan, dizendo querer que eu o conhecesse, como mandava recados dele para mim. E informava de outras pessoas, de quem eu começava a esquecer, garotas da escola, rapazes do bairro. As cartas de Ludmilla eram maiores e contavam da gravidez, cada vez mais adiantada. Eu iria ganhar uma irmã. E Jiri tinha escolhido seu nome. Ludmilla hesitava em adotar o nome e pedia minha opinião. Libuse.

Por que não? Minha irmãzinha teria um nome de princesa e nenhum outro nome poderia ser mais tcheco. Foi o que escrevi para minha mãe, imaginando que o bebê nasceria no outono, quase no inverno. Algumas noites depois, sonhei que eu brincava na neve com uma garotinha.

Quando recebi a terceira carta, Jiri me mandava lembranças. Quando respondi à minha mãe, contei do sonho, mas não me referi ao Jiri.

Foi olhando para Eliane jantando comigo e Márek que pensei no Jiri. Na verdade, era muito mais fácil para mim voltar a gostar dele do que começar a gostar dela. De repente, passei a lembrar dos tocos de madeira que ele fazia para mim, com os quais brincávamos de construir uma cidade. Ele sempre brincou mais comigo do que meu pai. Márek trabalhava muito e não tinha tempo. Jiri fez para mim um cavalinho de madeira, exatamente como aqueles em miniatura que a gente punha na árvore de natal. Mas no meu eu montava e o cavalinho balançava.

Eu tinha me esquecido desse brinquedo. Será que Márek o queimou também? E tinha me esquecido de outra coisa. O motivo pelo qual eu desenho com tanta facilidade. Na verdade, eu já sabia. Jiri desenhava junto comigo e, sem que eu percebesse, ele me ensinava a desenhar.

Quer Márek queira ou não, Jiri sempre será meu tio. Eliane foi nossa professora de Português e é quase certo que se tornará minha madrasta. Fui para meu quarto pensando nisso. Tinha telas novas, mas ainda não tinha voltado a pintar.

Quando preparei o fundo, pela primeira vez ele era marrom. Depois amenizei aquela cor, e um pedacinho da tela ficou quase dourado. Esse tom eu reconhecia. Em um certo momento do outono, antes que caiam das árvores, as folhas ficam assim.

Quando a mulher surgiu, pela primeira vez estava de perfil. Tinha nariz e queixo, mas ainda não precisava de boca. No entanto, já tinha pálpebra.

52

Foi apenas da quarta vez em que me escreveu (e Ludmilla me escrevia mais de uma vez por semana, embora as cartas demorassem a chegar aqui) que a foto que eu havia pedido, naquele bilhete com o qual reatamos o contato, chegou. Ela se desculpava por ter demorado a me atender, mas dizia que tinha posado especialmente para mim. Em uma casa que eu não conhecia (mas onde ela deveria viver) e numa poltrona também desconhecida, minha mãe sorria e exibia uma barriga enorme. De certo modo, ainda escondida dentro da barriga de Ludmilla, Libuse já se revelava para mim. Então entendi que aquela criatura, mesmo sem dar suas caras, já tinha me reaproximado da minha mãe e do meu país. Na carta havia também um p.s. Era a letra do Jiri, mandando um beijo.

Então, aconteceu aquele fato na aula de Geografia. A Nina tinha esgotado todo o programa e a gente ainda tinha as duas últimas semanas de aula. Ela propôs que recordássemos a matéria. Alguém, possivelmente o Ronaldo, disse que aquilo não tinha a menor graça e, já que tudo tinha sido dado, era melhor nos liberar logo das aulas. Houve quem concordasse, pois poderíamos aproveitar o horário para estudar para as últimas provas. Mas a Nina não gostou da ideia. E disse que voltaria a alguns pontos do programa, mas com a participação da classe. Quem quisesse apresentar alguma pesquisa sobre o que tínhamos aprendido ganharia pontos extras.

Foi quando a Tatiana, sem nem me consultar, fez a sugestão.

— Por que a Márika não fala do país dela?

Para minha surpresa, a Nina gostou da ideia. E também uma boa parte da sala. Quem não ficou muito animada fui eu. Estar lá na frente, falando para o Ronaldo, o Luís Antônio, a Roberta... Não iria me sentir bem. Percebi que a Branca e a Rosali se entreolharam e a Branca ainda fez um muxoxo. Pelo visto, não tinham nenhum interesse por aquela terra desconhecida.

A Lídia, contudo, foi a primeira a se declarar entusiasmada, com o apoio evidente da Lia, do Miguel e da Patrícia. Eu não tive como me negar.

A Internet tinha tanta coisa sobre meu país me esperando na biblioteca. A Araci sugeriu que eu imprimisse as imagens através de transparências. Nesse momento, o Renato estava por ali e disse que me ajudaria. Ele é muito melhor do que eu nessas coisas de computador e, quando o chamei, depois de ter escolhido o que eu queria imprimir, veio mesmo e passou comigo mais de um recreio. No último, também o Leo veio dar seu apoio. E os dois, por terem sido os primeiros que tomaram conhecimento das coisas do meu país, concordaram que eu nasci em um lugar lindo.

Agora tinha todo aquele material sobre a República Tcheca, especialmente sobre Praga, e ainda não sabia o que fazer com ele. Como iria proceder? Mas as imagens talvez falassem por mim. Decidi que iria mostrá-las e comentaria as coisas que eu conhecia. Se me fizessem perguntas, poderia responder com mais detalhes.

De repente, ali estavam, dentro de meu quarto, a foto de minha mãe com a Libuse na barriga e todas aquelas imagens bonitas de minha cidade. E me bateu uma enorme vontade de voltar para casa.

53

Mais uma carta. As cartas sacudiam minha vida. Esta passou por baixo da porta de meu quarto. Estava escrita em tcheco, mas o envelope era da cervejaria do Márek.

Meu pai também me escreveu. Ele me agradecia por ter vindo para o Brasil com ele, dizendo que nunca ia se esquecer de que eu o acompanhei no momento mais difícil da vida dele. Manifestava sua grande tristeza ao me ver me afastando. Sabia agora que tinha errado ao me esconder a carta de Ludmilla. E tentava se explicar.

Talvez fosse muito orgulhoso ou fosse para fugir da expressão dos próprios sentimentos, mas ele não gostava de falar de certas coisas. Afirmava que eu era muito parecida com ele e agora vivíamos o maior problema entre nós dois e praticamente não nos falávamos. Ele se sentia muito triste de me ver fugindo dele, preferindo a companhia de meus colegas ou a solidão de meu quarto.

Dizia que, se eu o abandonasse assim, só lhe restava no mundo a Eliane. Mas, se eu pedisse, ele a deixaria por mim. Márek me lembrava que um dia eu disse que ela não poderia dormir em casa e que ele tinha cumprido a promessa que me fez. Insistia que eu continuava a pessoa mais importante do mundo e, se eu não aprovava a união dele com a professora, ele, embora com pesar, terminaria com ela.

Por fim, confessou que me roubara a carta por egoísmo sim, mas também por amor. Ele achava que Ludmilla não merecia se reaproximar de mim, que minha mãe e o Jiri eram os culpados de nossa família ter se acabado. Que, na época, não pensaram em mim. E tinham privado a ele do próprio passado. Não fosse por mim, ele não teria mais nenhum elo com sua vida anterior.

Na última linha, pedia que eu o perdoasse e reafirmava que estava disposto a fazer o que eu decidisse.

Antes de abrir o envelope, eu pensava em ter uma conversa com ele. Para comunicar que queria voltar para Praga, estar com minha mãe, conhecer minha irmã. Que tinha vindo para o Brasil, quando ele precisou de mim. Mas ele estava bem aqui, com o seu trabalho, e tinha a Eliane, que parecia gostar dele. Estaria, portanto, no momento, já que minha mãe me procurava, de eu voltar para o lugar no mundo que era o meu.

Mas agora me sentia perturbada. Márek pedia que eu o perdoasse e ainda dizia que, se tivesse de escolher entre mim e a Eliane, ficaria comigo. O que Ludmilla não fez, pois deixou que eu viesse embora. Aquilo era verdade, sem nenhuma dúvida. Em relação a mim, o amor dele era maior que o dela.

O que fazer? Continuar, por causa de meu pai, uma estrangeira, impedida por ele de ter qualquer relação com a minha terra, condenada a sentir essa saudade que eu sinto? Sem poder conhecer a Libuse, até o dia em que eu me tornar uma pessoa adulta e independente? Ou ir de uma vez, como estava começando a pensar, e talvez nunca mais ver quem estava disposto a renunciar, por mim, até mesmo a um novo casamento?

54

Não respondi à carta de meu pai com outra. Eu já tinha preparado meu trabalho para a aula de Geografia. Passei, então, a tarde pintando, esperando que ele voltasse do trabalho. Já tinha refletido bastante durante a noite e, mesmo durante as aulas, pela manhã, me surpreendia pensando na conversa que precisávamos ter.

A mulher de meus quadros compareceu de novo, desta vez menos uma sombra e mais humana. Tinha até um vestido e olhava de frente, com o nariz e a boca bem presentes no rosto. E, atrás dela, o fundo tomava o formato de árvores, copadas, com folhas e galhos. As cores eram gradações do marrom. Minha mulher parecia se soltar da terra, como se ela e o mundo fossem de argila.

O quadro já estava pronto, eu sabia, mas permanecia olhando para ele. Pela primeira vez, tinha pintado alguma coisa que não me parecia um rascunho. Percebi, de repente, que minha pintura e eu não estávamos sozinhas. Sentia, por trás de mim, a presença de Márek.

— Sua mãe tinha um vestido assim — ele falou.

Observei o vestido, cheio de botões. Eu não me lembrava de ter visto Ludmilla com uma roupa parecida.

— Mas o rosto, o rosto é o seu... — meu pai observou.

Olhei para a mulher nos olhos e reconheci aquele olhar. Era como se eu estivesse diante do espelho. Parecia que Márek compreendia as coisas antes de mim.

— Eu li sua carta — falei.

— E então?

— Não vou impedir você de ficar com a Eliane.

— E isso significa o que eu estou pensando?

— Não sei o que você está pensando.

— Não estou pensando, na verdade. Estou sentindo. Sentindo que vou perder você.

— Nós ficamos juntos dois anos, Márek. Agora você não está mais sozinho.

— Então eu estou certo!

Suspirei antes de continuar. Era verdade. Márek compreendia, antes de mim, as coisas a meu respeito.

— Eu sinto muita falta de minha cidade. Tenho saudades da Vera. Também, pelas cartas, estou me entendendo com minha mãe.

Ele ficou calado. Eu precisava continuar.

— Quero muito conhecer minha irmã.

— Já nasceu? — ele perguntou, com a voz engasgada.

— Quase, mas sei que é uma menina.

— Eles não precisam de você.

— Como você pode saber? E, se você se preocupa tanto comigo, por que se nega a admitir as coisas de que eu preciso?

— Mas seu tio, quando bebe, pode se transformar num animal.

Só que eu não pensava no Jiri bêbado e desagradável. Pensava no meu primeiro professor de Arte.

— Ele não bebe mais.

— Como sabe?

— Ludmilla escreveu.

— Você sabe que eu tenho a sua guarda.

— Sei, mas de que adianta me manter aqui, prisioneira? Quer que eu odeie você?

Ele não disse mais nada. Meu pai estava chorando. De pé, encostado ao armário de meu quarto.

— Me desculpe — pedi.

Márek tirou um lenço do bolso e enxugou os olhos. Ti-

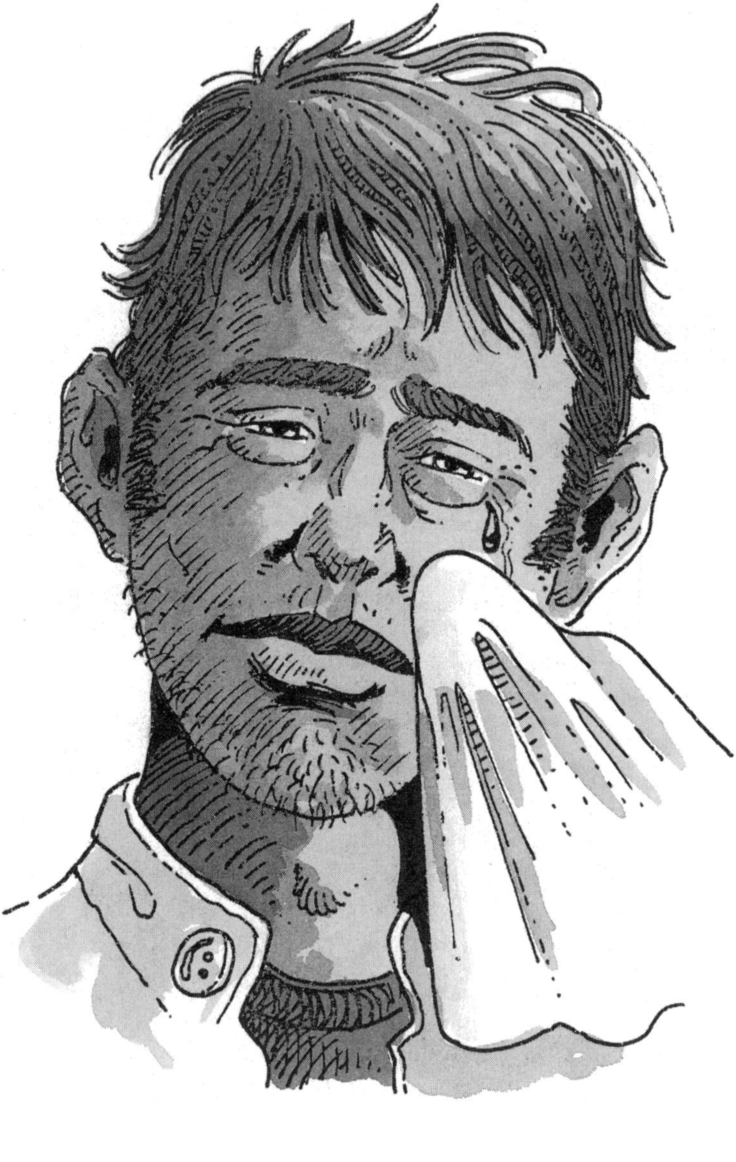

nha o nariz vermelho.

— E, quanto ao que me pediu na carta, eu já perdoei você.

— Engraçado... — ele falou.

Olhei para ele. O que poderia ser engraçado num momento como aquele?

— Eu estava certo de que você ia pedir para voltar.

Meu pai disse isso e saiu de meu quarto. Fiquei sem saber se ele me deixaria voltar para Praga. Tirei o quadro do cavalete e o encostei na parede. Não queria ficar olhando para mim mesma com o vestido de minha mãe. Pelo menos, sentia um grande alívio por ter dito a Márek que o tinha perdoado por ter mentido para mim e censurado aquela carta.

55

No dia da apresentação de meu trabalho, fui para a escola com uma sensação agradável. Eu estava pronta para falar de Praga, como se minha cidade me esperasse de volta. Não sentia mais que eu era uma fugitiva ou que o meu país era uma terra proibida para mim.

Logo que cheguei, encontrei a Margarida. Ela veio falar comigo, interessada.

— É verdade que você vai falar hoje do lugar de onde você veio?

— Vou sim.

— Puxa, eu queria assistir.

— Me assistir?

— Desde que você me falou do castelo, pensei muito na sua cidade. Fico imaginando como ela é.

Então eu perguntei à Nina se podia convidar a Margarida para a aula. Ela se sentou, daí a pouco, lá no fundo da sala. Eu preferia olhar para ela a olhar para aqueles colegas, que, durante dois anos, mal tinham falado comigo. É claro que os outros me sorriam e tinham um olhar interessado. Sobretudo o Miguel.

O Renato ficou ao meu lado, ajudando a colocar as transparências no retroprojetor. E as imagens da Boêmia começaram a encher a sala. O rio, as pontes, as igrejas. A praça da cidade velha, o relógio. Os jardins. O cemitério judeu. Finalmente, o castelo.

— A princesa, fala da princesa!

Uma voz pedia, no fundo da sala. Todas as cabeças se voltaram para trás. Alguns risos.

Atendi à curiosidade de Margarida e contei a história de Libuse, a xará de minha irmã. Possivelmente, não passaria de uma lenda a fundação da cidade, no ano de 722, por uma mulher com aquele nome. Ela teria tido uma visão, na qual percebeu a glória futura de Praga. Na sua época, as mulheres governavam os homens. Ela se casou com um simples lavrador e mandou que ele marcasse com um arado as fronteiras da cidade com a qual tinha sonhado. De sua união com o camponês, veio a dinastia dos Premyslids, ou os aradores, os que aram a terra, na verdade, a família dos príncipes que mandaram construir aquele castelo, ampliado com os anos, cercado de muros e jardins.

Ninguém riu mais de Margarida nem de Libuse, muito menos de Praga. Assim como o Renato e o Leo tinham percebido, quando imprimíamos as imagens na biblioteca, várias vozes repetiam elogios à beleza da arquitetura e da paisagem.

A própria Nina me elogiou, e, com isso, à minha terra, ao dizer que naquele dia tinha sido uma aluna que aprendeu muitas coisas. Lídia e Lia me disseram que ficaram com muita vontade de conhecer Praga.

— Por que não? — eu lhes disse. E me imaginei recebendo a visita de minhas colegas. Eu ainda teria muitas surpresas para elas. Em uma simples aula, não dava para mostrar tudo o que elas poderiam descobrir, seguindo por aquelas ruas que eu conheço tão bem.

56

Recebi novas cartas de Praga. Vera, feliz, torcia para que Márek permitisse a minha volta. Eu tinha contado a ela da minha decisão. Com essa carta, veio uma foto: ela e Jan, sorrindo para mim, no Voljan. Pena que meu jardim favorito aparecesse, durante o inverno, triste, meio pelado. Mesmo assim, queria rever aquele espaço, pisar aquele chão.

Lamentei muito que a outra carta não tivesse também uma foto. Ludmilla não pôde escrever. Quem contava o nascimento de Libuse era Jiri. Nas palavras dele, era uma menina gorducha, pequenina, e, como eu, parecia que ia ter sardas. Libuse nasceu e eu tinha mais uma razão para voltar.

Nesse dia, pintei um quadro novo. Ele se parecia com o último. Só que trabalhei mais o fundo. Ainda o marrom era a cor dominante, mas em vários momentos ele se tornava dourado. Árvores foram enchendo a tela, galhos e copas se sobrepondo. Então, eu tinha feito uma paisagem. Desta vez, não tinha nenhuma mulher.

A Margô achou esse quadro tão mais bonito, também ela detestava os primeiros, escuros e habitados por fantasmas enfumaçados. Neste, tudo parecia tão sólido e definido e havia luz naquela cena. Resolvi dar a ela de presente. Era a primeira vez que dava a alguém algo que eu tinha feito.

Fiz as provas no colégio, sem me sentir muito ansiosa. Na verdade, eu sabia bastante todas as coisas que tinha aprendido. Inclusive Português. Mas, com certeza, não vou tirar uma nota tão boa nessa matéria.

Ester leu minha prova, assim que eu entreguei, e comentou comigo:

— A prova até que está boa, Márika, mas você cometeu erros que não fazia desde o ano passado.

— Como assim? — eu quis saber.

— Os artigos, você omitiu vários.

Não precisei explicar a ela que aqueles artigos não existiam em tcheco. É que naquele dia eu pensei o tempo todo na minha língua.

À noite, Márek queria falar comigo. Disse que Vlad iria viajar para Praga, logo antes do Natal. Se realmente eu quisesse voltar, ele permitiria que nosso amigo me levasse.

Abracei e beijei meu pai. Mas ele estava triste e não correspondeu ao meu afeto.

— Se você achar que deve voltar para o Brasil, eu vou estar à espera — ele disse.

Não quis pensar naquilo. Não quis deixar que a tristeza dele me contaminasse. Pois eu tinha muito medo de que ele me impedisse de voltar. Afinal, dependo de sua autorização, só tenho quatorze anos.

Dois anos na minha vida significam muita coisa. Eu tinha dado a ele esses dois anos.

57

Eliane preparou o jantar aquela noite. Era a primeira das despedidas. Na nossa casa tcheca, uma comida brasileira, com um nome engraçado, bobó de camarão, com direito a uma pimenta meio ardida. Fazia muito calor, todas as janelas estavam abertas. Nunca tinha visto a antiga professora com um vestido tão decotado e curto. Até Márek estava usando bermudas e camiseta.

— Nós vamos viajar também — ele anunciou.

Imaginei que fossem para a Amazônia e me senti decepcionada. Era a viagem que meu pai tinha me prometido para quando conseguisse suas férias. O lugar com o qual tinha sonhado desde que cheguei ao Brasil.

— Vão para Manaus? — eu perguntei.

— Para a Bahia! — quem respondeu foi Eliane. — Seu pai vai aprender a gostar de dendê!

Eu não duvidava de que ele iria aprender muito mais coisas com ela, apesar do sotaque, um pouco mais suave, mas que continuava no ritmo das frases dele.

— Nós ainda vamos conhecer o Amazonas, Márika — ele me falou. Diante de Eliane, a gente conversava em português.

Eu não sabia se esse nós estava incluindo a mim ou a ela. Mas logo minha dúvida se dissipou.

— Não vou esquecer de minha promessa! Continuamos combinados?

Disse eu que sim, que continuava muito a fim de ver a floresta e os índios brasileiros. Eliane quis saber se podia ir junto. Tive de dizer que não tinha nada contra, afinal estava entregando meu pai nas mãos dela.

Deixei os dois na sala e lavei os pratos, sozinha. Afinal, ela tinha cozinhado. E Márek merecia não fazer nada. Era um modo de eu compensar a separação que vinha por aí.

Quando fui para o meu quarto, os dois tomavam *becherovka* no sofá. Não sei se combina com dendê, mas faz parte, agora, dos hábitos do casal. Na parede da sala, Márek tinha pendurado aquele quadro, da mulher com o meu rosto. Apesar do vestido de Ludmilla. Era um presente que eu deixava para ele.

Sozinha, pensei que teria de voltar para conhecer aquele rio e aquela floresta. Tinha aprendido coisas sobre Manaus e as riquezas do período da borracha. Aquela cidade para mim parecia tão mágica quanto Praga tinha se tornado para a Margarida.

Foi pensar nela e fui copiar na minha agenda o endereço que ela havia me passado. Prometi que mandaria para ela o primeiro postal de minha terra. E meu caderno já tinha vários nomes e endereços.

De repente, me imaginei escrevendo para o Brasil e senti saudades do país onde ainda estava. E do qual ainda teria mais duas ocasiões para me despedir.

58

A última aula com o Juca. Essa foi uma despedida triste para mim. A Lia não pôde ir e lá estava eu sozinha com ele. Não fiz nada, conversamos. Ele analisou minhas gravuras e meus desenhos. Reconheci como fui evoluindo em meus trabalhos. Chegou então o momento de dizer a ele que eu iria voltar para Praga. Mas parece que ele não me entendeu, ou não me levou a sério. Acreditou, quem sabe, que eu iria apenas viajar de férias. Disse até para eu trazer material de minha terra, como pastel seco e lápis-aquarela, que sabia que eram muito bons. Não me deixou despedir dele.

— Até a volta, Márika. E boa viagem!

— Adeus, Juca.

Estava com uma pasta enorme, levando muito papel, desenhos e gravuras, que tinham ficado no ateliê. Minha última gravura deixei para ele, como lembrança minha. Ela era muito parecida com o último quadro que eu pintei, uma paisagem de árvores, lembrando um parque. Por causa daquela pasta desajeitada, decidi não tomar o ônibus. Se podia me atrapalhar dentro do veículo apertado, pelo menos não era tão pesada que me incomodasse para caminhar.

Fui a pé para casa, refazendo o caminho percorrido naquela tarde em que não tinha conseguido pintar. A primeira vez, vinha frustrada e cheia de angústia. Agora ia devagar, pensativa. Pensava nele. Será que não tinha mesmo entendido o meu adeus?

Com certeza, do ateliê de Juca eu nunca ia me esquecer. Tinha sido o lugar mais importante que frequentei no Brasil. Onde encontrei minha alma de artista. Onde sofri e duvidei dela. Onde alguém me deixou ser eu mesma. Veio uma vontade de chorar. Senti que estava abandonando alguém muito caro para mim.

Quando cheguei à praça, parei e me sentei no mesmo banco. Era verão, havia muito mais claridade que da outra vez. No lugar do mendigo adormecido, naquele banco próximo, um homem lia um jornal. Em outro, duas mulheres conversavam e uma criança andava de bicicleta perto delas.

Compreendi que nunca mais o veria. E me recriminei por não ter dito a ele que estava pintando. Seria tão fácil ter levado uma de minhas telas ao ateliê, para que ele conhecesse, e até para que me desse sua opinião sobre o que eu fiz sozinha. No entanto, tinha agido com ele como aprendi a agir com meu pai. Deixando entre nós um espaço vazio, silencioso e secreto. Provavelmente ele nunca ia saber que eu consigo pintar.

Decidi que teria de escrever para Juca e contar essas coisas. De Praga, por escrito, eu me despediria dele. E teria coragem de dizer como eu lhe era grata e o admirava.

Pensar no Juca me levou a pensar no Jiri. Não eram só os nomes que se pareciam. Os dois estavam ligados ao meu contato com a arte. Talvez o Juca tenha substituído de alguma maneira o meu tio. Mas do Juca eu não tinha medo. Do Jiri, sim. O companheiro de minha mãe era um rival de meu pai. Eu sempre iria contrapor o Márek e ele. E não aguentava pensar na possibilidade de vê-lo bêbado. Ludmilla me garantiu que ele não bebia mais. Mas eu tinha a lembrança de como ele podia ser desagradável e violento. Esse homem eu temia. Rezei para que ele nunca mais precisasse beber. Não só por mim ou por minha mãe. Por Libuse, sobretudo.

Minha irmã. Agora eu sabia que era ela quem me chamava. Como aquela princesa que fundou minha cidade, ela abria para mim as portas de Praga. Queria tanto sentir nos meus braços aquele bebê pequenino e gordinho! O maior motivo para o meu retorno era Libuse.

Faltava tão pouco tempo para eu voltar! Comecei a olhar as árvores, o gramado, os bancos daquela praça tão acanhada, apenas um espaço verde no meio de ruas barulhentas. E quis fotografar internamente o desenho de cada tronco, a nervura das folhas mais próximas, o matiz de cada tonalidade. Meus olhos percorriam do chão ao céu. E captavam a luz brasileira daquela longa tarde de verão.

59

A última despedida. Patrícia resolveu reunir toda a turma em sua casa. Cheguei a sentir falta dos professores e de alguns funcionários, como a Margarida e a Araci. Ninguém dos colegas faltou. Senti que olhava pela última vez a maioria deles. Alguns continuariam meus amigos, que pretendia rever, pois, com meu pai vivendo aqui, certamente eu voltaria de tempos em tempos ao Brasil. Também adoraria recebê-los no meu país. Como disse o Chico, a Tchéquia, terra da Marocas.

Os gêmeos eram engraçados, eram legais, assim como a Pat. Mas os meninos mais próximos eram o Miguel e o Renato. E as meninas, a Lia, claro, e, depois, a Lídia. Esta era minha amiga em parte por causa da outra. Mas aprendi a ver nela uma pessoa séria e leal. Éramos tão diferentes, e ela me fez ver que quem é diferente tem direito a ser o que é e a merecer todo respeito.

Engraçado dizer que a Lídia me parecia diferente. Eu que sofri na pele, por dois anos, esse sentimento de não ser como os outros. Diferente tinha sido eu, no meio dessa turma. Em mais alguns dias eu não seria diferente de ninguém, uma jovem tcheca vivendo em seu país. É claro que eu teria uma experiência de ter vivido em outra terra e aprendido outra língua. Mas jamais seria estrangeira nem esquisita para ninguém.

Justamente a Lídia foi uma das pessoas mais carinhosas comigo naquele dia. E também a Lia. As duas prometiam que iriam me visitar.

— Mas você volta aqui antes disso, não volta?

Era o Miguel que tinha vindo para perto de nós. Estávamos agora os quatro na varanda. O apartamento da Pat era num andar alto e a gente tinha uma vista muito bonita da cidade.

Eu disse a ele que era mais certo eu voltar antes, afinal meu pai iria continuar vivendo aqui. Dali dava para ver onde eu e Márek morávamos e eu apontei o prédio para Miguel. Eu conhecia a casa dele e ele não conhecia a minha.

A Rô apareceu. Esta talvez eu nunca mais visse. Ela também não faria nenhuma questão. Deu um jeito de levar Lia e Lídia lá para dentro. Continuei sozinha com o Miguel. Ali estava agradável. Soprava um vento bom, que levantava nossos cabelos. Ficamos olhando a cidade. Ele me mostrou a direção da escola, que eu ainda não tinha percebido.

A escola a gente não conseguia ver, mas meu coração bateu mais alegre, quando reconheci a praça no caminho de minha casa, quando vinha do ateliê do Juca.

— Não vai sentir falta desta cidade? — ele me perguntou.

— Claro que... — comecei a responder, quando senti que ele segurava a minha mão.

Sim, eu ia sentir muita falta daquela cidade, com todas as ruas, carros e prédios ali abaixo de nós. Que agora pareciam me olhar lá de baixo, enquanto eu era puxada para perto do corpo dele e a sua boca se aproximava da minha. Pela primeira vez eu sentia um abraço assim e os lábios dele pressionando os meus eram doces, eram quentes e tinham um gosto que eu nunca tinha experimentado antes.

60

O mar debaixo de mim. O Vlad ao meu lado dormia, indiferente. Eu não conseguia, minha cabeça rodava com tantos pensamentos, que iam e vinham. Pensava no Brasil ficando para trás, batia uma saudade grande. Pensava no Márek e me vinham lágrimas aos olhos. Pensava no Juca, me dizendo apenas "até a volta". Meu pai também estaria sempre à minha espera, se minha volta para Praga não desse certo. A cidade, diante da varanda de Patrícia, também não poderia esquecer. E o Miguel e o nosso beijo. Por que aquilo só aconteceu no último dia? Por que eu não percebi antes que era possível? Como eu queria que ele estivesse ali, no outro banco, do meu lado direito...

Pensei na Vera, eu tinha um assunto especial para tratar com ela. Alguém precisava saber o que havia me acontecido e só podia ser a minha velha amiga. Também tive vontade de escrever para ele, ali mesmo do avião. Já sentia que ia quebrar

minha promessa à Margarida. O primeiro postal não seria para ela... Mas, sim, mandava um postal para Margarida e uma longa carta para ele. Vera ia me apresentar o Jan e eu contaria do Miguel, mas ia querer passear sozinha com ela no meu jardim favorito. Senti água na boca, ao me lembrar de nossas salsichas grelhadas, e já estava doida para comer de nossos pães.

Praga no inverno, me esperando, em mais algumas horas estaria ali. Ludmilla prometeu que viria me pegar no aeroporto. Depois me levaria para aquela casa que eu não conheço e eu reveria Jiri. Finalmente, Libuse e eu poderíamos olhar uma para a outra!

Passava um filme no avião, mas não conseguia prestar atenção naquela tela. Um outro filme, muito mais rápido e cheio de saltos, se passava na minha cabeça. Um filme que andava para trás. Um pouco para trás, com paisagens brasileiras. A rua em que eu tinha vivido, o caminho para a escola, a praça entre o ateliê e minha casa. Um outro mar, que não era escuro como este que certamente havia sob mim. Um mar claro e tropical, com uma barreira de recifes e suas piscinas naturais. Diante dos fortes holandeses em Pernambuco. As ruas de Olinda, as ruas de Ouro Preto. Telhados, igrejas, ladeiras.

Depois o filme andava ainda mais para trás. Igrejas em Praga. O rio, as pontes, o bonde se deslocando pela cidade. Minha escola num dia de primavera, com vasos de flores à entrada. A casa de minha infância. Mas essa não existe mais! Um frio na barriga, quando penso em meu pai do outro lado do mar. O que me espera no meu país? Melhor não pensar muito. Ou só nas coisas mais imediatas. O frio real, quando eu chegar. Acima de mim, no compartimento de bagagem, a parca me espera. Uma parca brasileira, talvez um pouco fina, mas as que eu trouxe há dois anos me apertavam e não posso mais usá-las.

Acabou o filme, recolheram a tela. Daqui a pouco, amanhece. E nós vamos descer e trocar de avião. Este voo termina em Paris. Não vamos sair do aeroporto. É uma pena. Tenho tanta vontade de conhecer Paris. Aliás, tenho vontade de conhecer tanta coisa. A Amazônia, sim. Mas por que não Paris? O mundo é tão grande e eu quero descobrir e viver tudo o que eu puder.

Arquivo pessoal

Lino de Albergaria nasceu e mora em Belo Horizonte. Viveu em Paris, na França, onde estudou editoração, e também em São Paulo e no Rio de Janeiro, onde trabalhou em editoras voltadas para o público juvenil. Em Minas, fez mestrado e doutorado em literatura brasileira. Autor de dois romances para o público adulto, dedica-se, com maior assiduidade, aos textos para crianças e adolescentes. É também tradutor. Na Coleção Jabuti, da Saraiva, já publicou *Caderno de segredos, De Paris, com amor, Adeus, escola!* e *O menino e o mar.*

Este livro, conduzido pela jovem Márika, pertence a uma série com as mesmas personagens que crescem e vão-se confrontando com as novidades, os conflitos e as surpresas trazidas pela vida. Márika, agora no oitavo ano, já era personagem do livro anterior, *Lia e o sétimo ano.* Esta é a oportunidade para o leitor conhecer melhor aquela que, um ano antes, provocava tanta estranheza em seus colegas. A narradora deste livro é uma menina tcheca que, separando-se de sua mãe, acompanha o pai em sua vinda para o Brasil. Para um estrangeiro, viver em um país onde as pessoas falam uma língua muito diferente requer um esforço de adaptação. Ao mesmo tempo que descobre um lugar e uma língua diferente, tem de conviver com seu passado e as lembranças de sua terra. Solitária, tem dificuldades para fazer amigos, mas encontra alegrias no esporte e na arte. Sua experiência no oitavo ano acelera o amadurecimento provocado pela própria história pessoal.

Sobre o ilustrador

Marco Aragão nasceu em 1959, em São Paulo. Autodidata, seus primeiros trabalhos profissionais foram feitos para a Editora Abril aos 16 anos de idade.Trabalhou na área de animação, fundou uma escola de desenho, uma editora e depois migrou para a publicidade. Nessa área trabalhou como diretor de arte, redator e diretor de criação, ganhando alguns prêmios, como o "Profissionais do Ano" da Rede Globo, por exemplo.

Hoje, dirige uma pequena agência com parceria internacional e tem ilustrações publicadas em mais de 15 editoras, além de trabalhar para várias agências de publicidade espalhadas pelo Brasil.